इश्क़ ज़हर है

जज़्बातों की मौत

मुकेश कुमार

BlueRose ONE.com
Stories Matter
NewDelhi • London

BLUEROSE PUBLISHERS
India | U.K.

Copyright © Mukesh Kumar 2024

All rights reserved by author. No part of this publication may be reproduced, stored in a retrieval system or transmitted in any form or by any means, electronic, mechanical, photocopying, recording or otherwise, without the prior permission of the author. Although every precaution has been taken to verify the accuracy of the information contained herein, the publisher assumes no responsibility for any errors or omissions. No liability is assumed for damages that may result from the use of information contained within.

BlueRose Publishers takes no responsibility for any damages, losses, or liabilities that may arise from the use or misuse of the information, products, or services provided in this publication.

For permissions requests or inquiries regarding this publication, please contact:

BLUEROSE PUBLISHERS
www.BlueRoseONE.com
info@bluerosepublishers.com
+91 8882 898 898
+4407342408967

ISBN: 978-93-5819-342-8

Cover design: Muskan Sachdeva
Typesetting: Pooja Sharma

First Edition: January 2024

"प्रस्तुत काव्यांजलि, "इश्क़ ज़हर है:-ज़ज्बातों की मौत" को मैं अपने पिता श्री दयानंद देहराज को समर्पित करता हूँ जिनके अथक परिश्रम, मेहनत और प्यार ने मुझे यह पुस्तक लिखने के लिए प्रेरित किया !"

भूमिका:-

प्रस्तुत काव्यांजलि **"इश्क ज़हर है:– जज़्बातों की मौत"** में इश्क़, इश्क़ की तामीर, इश्क़ की गति, इश्क़ की मार, इश्क़ में रुसवाई, इश्क़ में बेवफ़ाई, इश्क़ में जज़्बातों की मौत को बख़ूबी दर्शाने का कार्य किया गया है। जब बात होती है इश्क़ में मर–मिटने की तो कवि कहता है:–

"तेरी साँसों से फिज़ाओं में बिखर जाऊँ
तेरी बातों से खिज़ाओं में सहर जाऊँ
मैं कोई तिलस्मी जादूगर तो नहीं हूँ
हाँ मगर तेरे बिना प्यासा ही मर जाऊँ।"

साँसों को जैसे जीवन का रहस्य माना गया है और जहाँ तिशनगी का ज़िक्र होता है वहाँ तो कवि और ज़्यादा पागल हो जाता है; इश्क़ की प्यास ही ऐसी है जो न चाहते हुए इंसान को लपेट लेती है, ये असाक की बेल की तरह है जो पूरी तरह से इंसान को चूस लेती है और बाद में उसकी हालत एक मरीज़ जैसी हो जाती है। जहाँ इश्क़ नहीं होता वहाँ रिश्ता जिस्मानी होता है, रूहानी इश्क़ गायब होता है, शैदाई तो वो होता है जो ख़ामोशी में रोता है, आँखें झुका के शरीक–ए–ग़म में मुस्कुराहट से ग़म के अँधेरे में डूब जाता है।

यह इश्क़ की दुनिया बहुत ज़ालिम है जो ख़्वाब दिखाती है, ख़्यालों में ले जाती है, रातों की नींद चुरा ले जाती है, सुबह को दर्द दे जाती

है, दोपहर को विरह में सताती है और शाम को चेहरे की लाली ले जाती है। इश्क़ की वहशत में हिज्र रुलाए, दिल और कलेज़े निकाल ले जाए तो ऐसे में क्या करे? फिर कवि कहता है:–

"मैं मर रहा हूँ
मैं जल रहा हूँ
हसरत में लूटा हूँ
वहशत में लिपटा हूँ।"

जब इंसान मुहब्बत में पूरी तरह बेवफ़ा से चोट खा लेता है तो उसकी याद में कल्पना के घोड़े दौड़ाता है और कहता है:–

"कितने तेज़ भागते होंगे कितने मुस्कुराते होंगे
जाने कैसे लफ़ंगे होंगे जो उसके पास आते होंगे।"

मुहब्बत ऐसी चीज़ है जिसको हो जाए तो पर हो जाए और जो धोखा खा जाए तो उसके अरमान लुट जाए, हसरत मर जाए, पागलों की स्थिति में जीवन नरक बन जाए। मुहब्बत में जब दर्द मिलता है तो इंसान की हालत मौत से बदत्तर हो जाती है, न वो जी पाता और न ही मर पाता, एक जगह वो कहता है:–

"यूँ फ़िराक में उसके और तो ज़्यादा क्या होता होगा
यूँ ही मेरे गाल हैं गीले और गीले हो जाते होंगे।"

जब आपकी ज़िंदगी अच्छे से चल रहे होती है तो लोगों को ताज़्जुब होता है, ईर्ष्या होती है, वो नहीं चाहते कि आप चैन से रहे, चैन से जिए, उनका मक़सद सिर्फ़ और सिर्फ़ दो प्यार करने वालों के बीच दरार लाना होता है और जब वो कामयाब हो जाते हैं तो तब भी उनको चैन नहीं पड़ता, वो चाहते है कि आप पूरी तरह बर्बाद हो जाए तो ऐसी अवस्था में कवि कहता है:–

“मेरे मरने के बाद कुछ तो रोएँगे कुछ हसेंगे

यानी मेरे मरने के बाद भी जी लिए जाते होंगे।”

ये जीवन की सच्चाई है। लोगों का काम दूसरों के घरों में आग लगाना ही है। हालांकि कवि ने इसमें प्रेमिका के गहरे प्यार, उसकी वफ़ादारी, उसकी सघनता, उसकी परवाह को भी दर्शाने का कार्य किया है। कुल मिलाकर इस काव्यांजलि में इश्क़ की सच्चाई, इश्क़ की मासूमियत, इश्क़ की प्रासंगिकता, इश्क़ की नज़ाकत, इश्क़ की वहशत और जज़्बातों का क़त्ल बहुत अच्छे से उकेरने का कार्य किया गया है बाकि जब आप ग़ज़ल, नज़्म, रूबाई और शेरों–शायरी पढ़ेंगे तो आपको ख़ुद–ब–ख़ुद अंदाज़ा हो जाएगा कि इश्क़ क्या है और जज़्बातों की मौत कैसी होती है!

मेरी पहली पुस्तक “मोहब्बत:–दर्दों की दवा” पहले से ही बाज़ार में उपलब्ध है। मैंने इस पुस्तक में मौलिकता, सरलता और उर्दू के अल्फ़ाज़ प्रयोग किए है, कुछ कठिन शब्द है लेकिन उनके अर्थ रचना के नीचे दिए गए हैं।

इस पुस्तक को पढ़ने के उपरांत कृपया अपनी टिप्पणियाँ और प्रतिक्रियाएं अवश्य दे। उम्मीद करता हूँ कि ये पुस्तक आपको पसंद आएगी!

आपका अपना

मुकेश कुमार

ईमेल संपर्क सूत्र :- mukesh.eng01@gmail.com

अनुक्रमणिका

रुबाईयाँ 1

ग़ज़ल 6

"हिज्र" 7

"ख़ल्वतों में नहीं माहे तमाम" 8

"पहली नज़र का प्यार" 9

"कतरा कतरा बह गया" 11

"चाँद मेरा लबे–बाम पर टहलता है" 12

"प्रेम बग़ैर क्या है?" 13

"रब्बा वस्ल हो जाए" 15

"चाँद" 16

"मैं खिल जाता हूँ अहद–ए–वफ़ा में" 17

"तन्हा थे बहुत" 18

"शहजादी" 20

"सुना है जो दिखाई ना दे वो ख़ुदा कहलाए" 21

"सुना है जब तू सुरमा लगाए तो बारिश हो जाए" 23

"जब से तेरी पनाह में आया हूँ" 25

"किसमें क्या रखा है" 27

"क्या बात है" 28

"तेरी सूरत पत्थर में भी नज़र आए" 29

"लबों की नुमाईश" 31

"चाँद-I" 32

"तीर–ए–निगाह" 34

"दुल्हन बनना बाकि है" 36

"मेरे रश्क-ए-क़मर" 38

"सच सच बताना" 39

"चाय की आदत" 40

"मिन्नतें और जज़्बात" 42

"मेरी जान, मेरी ज़िंदगी" 43

"जुस्तुजू" 45

"तेरे बिना" 46

"सोचती हूँ ख़ुद को भूल जाऊँ चाहत में तेरी" 47

"वादा–खिलाफ़ी" 48

"बैठ मेरे पास" 49

"आँधियों में भी जलकर वहाँ निरंतर दीवा हूँ मैं" 50

"छलिया मेरा मन" 51

- "औरों से बंदिश क्या करें"..................53
- "चाहतों में शुमार मुसफ़्फ़ा ग़ज़ल"...........................54
- "जो मिल गया सो मिल गया"............................55
- "तू मेरी रोटी है"..................................56
- "मुझे बना महबूबा दिया".............................57
- "ऑफिस में बैठे–बैठे"...............................58
- "नफ़स बे–ख़बर"..................................59
- "लफ़्ज़ों की भाषा"..................................60
- "अदा ही काफ़ी है"................................61
- "बुरा ख़्वाब"......................................62
- "मेरे रश्क-ए-क़मर"................................64
- "चाँद किधर जाए".................................65
- "बुरे ख़्वाबों को राह–ए–कफ़न करूँ"..................66
- "जान ही तुझमें बसती है"...........................68
- "सुंदरता"...69
- "सहराओं की गर्मी में बफ़ार्ब मीठा पीजिए"............71
- "मेरी मुस्कुराहट की वजह कोई पूछे तो तेरी बातें है"...............72
- "गली रो पड़ी"....................................73
- "कोई चाँद गुज़र जाए".............................74

"मेरे चशम–ए–नूर" 75

"मह–जबीं" 78

"महताब" 80

"चाँद तो पागल है" 81

"इश्क़ का नशा" 82

"शराब बनाम निकाह" 83

"मैं जहान भी देखूँ" 84

"टूटे हुए दिलों को मयकदों का सहारा चाहिए" 85

"मेरे बदन पे साँप लिपट रहे हैं" 87

"ज़िंदगी में सब तरफ़ से जब धोखा मिलता है" 89

"मिलन अभी आधा–अधूरा है" 90

"मुहब्बत" 91

"पैसा बोलता है" 92

"मेरे नीम–शब नैना" 93

"घायल है एक परिंदा मगर ज़िंदा हूँ मैं" 95

"कोई नहीं समझता" 97

"वारफ़्तगी की सुपुर्दगी" 98

"आँखों का सुरूर" 99

"तन्हा दिल" 101

"शरबती आँखें"..102

"आईना"..103

"काग़ज़–ए–दिल"...105

"गुलाब"...107

"ग़म–ए–ज़िंदगी"..109

"हमनवा"...110

"रंग चढ़ जाए पिया का".....................................111

"प्यार किया था"..113

"हुज़ूर–ए–अर्ज़"...114

"शाही लिबास में बहकी मुफ़्लिसी"........................116

"सरहद पर ज़वान"...118

"जानाँ"...119

"जज़्बातों की मौत"...121

"उजालों में आलाइश क्या करे?".........................123

"आज की सच्चाई:– करवा चौथ की कहानी"...........125

"तोहमत-ए-मरज़-ए-'इश्क़".................................127

नज़्म..129

"चेहरा–ए–नूरानी:– पिता"..................................130

"आसुदगी–ए–वस्ल"..132

"नस नस में हो ज़हर"	134
"कोई तुम्हें"	135
"पिया तेरे संग"	136
"मसला क्या है"	137
"मुझे कुछ अच्छा नहीं लग रहा"	138
"बढ़ते फासले"	139
"इश्क़ की धुन"	141
"जब धूप ही न निकले तो कैसा साया"	142
"सनम लौट आएँगे"	143
"नहीं कोई किनारा"	145
"उसका फ़ोन जब आता है"	146
"रात कैसे कटेगी"	147
"समंदर के आग़ोश में"	148
"कोई क्यों है?"	149
"उद्धविघ्न के द्वंद्व में"	151
"जहाँ इश्क़ नहीं"	152
"कभी आँगन में धूप आए"	153
शेरों-शायरी	155

रुबाईयाँ

*

तेरी साँसों से फिज़ाओं में बिखर जाऊँ
तेरी बातों से खिज़ाओं में सहर जाऊँ
मैं कोई तिलस्मी जादूगर तो नहीं हूँ
हाँ मगर तेरे बिना प्यासा ही मर जाऊँ।

*

मेंरे जाने से किसे क्या फ़र्क़ पड़ेगा मैं कौन सा ख़ास हूँ
तेंरे दर पे आके मुझे सुकून मिलेगा तू ही मेरी आस है
देखा मैंने दुनिया को वो कितना चाहे मैं क्यों प्यास हूँ
बेवजह पनाह में क्यों जाऊँ छोड़ो मैं तो बस आपके पास हूँ।

*

फ़क़ीर बनाके तुम तो ख़ुदा बन गए
हक़ीर रहके हम यों जुदा हो गए
लकीर को पहचानती तो जान लेती
बे–ज़मीर थी तुम असीर यों बन गए।

*

मुरझा भी जाऊँ तो समेट लेना
बिखर भी जाऊँ तो सँभाल लेना
जीवन में बहुत दुःख खाए है मैंने
मैं रूठ भी जाऊँ तो मना लेना।

*

रंग–रूप देख के आँखें रो आई हो
नागिन कोई बाज़ार में उतर आई हो
चेहरे पे आटा लगाके आई हो
लगता है चावल बनाके आई हो!

*

सुनो मैं तेरे इशारे नहीं काट सकता
तो बताओ तेरी बातें कैसे काट दूँ?
तू मेरी रूह में सब्ज़ फिज़ा सी बहे जाए
और ठंडी ठंडी आहें भरके साँस चलाए।

*

इन किताबों में रम्ज़ है जिनमें मेरा दिल लुटा है
गुलाब के फूल सहमे से सेज पे पड़े ख़ामोश है
रूह जल रही है फ़िराक में मेरा दिल बेहोश है
जिस्म पिघल रहा है आँखों से मेरा सब्र टूटा है।

*

ज़मीं पे मेरे अश्क-ए-रवाँ की नहर जैसे लहर बन गई
हाथों में आँसुओं के बूंदों की बहर जैसे क़हर बन गई
मेरे इश्क़ के हाथों में सजी हिना नज़रों में बस गई
अर्श से ज़मीं पे फैली फिज़ा सहर होके ज़हर बन गई।

*

पर्दा-नशीं लबरेज़-ए-मय तेरी आँखें मुझे घायल कर जाए
क्या फ़िरदौस–ए–जलवा है कि नज़रें तेरी मुझे रायल कर जाए

तेरी निगाहों की जाज़बियत चुंबक बनके अपनी ओर खेँचे
क्या सितम है कि शराब-ए-वस्ल से सरशार हुस्न क़ायल कर जाए

शब्दार्थः–

पर्दा-नशीं :– औरत जो पर्दे में बैठे, पर्दे में रहने वाली स्त्री, अनिष्कासिनी

लबरेज़-ए-मय :– शराब से भरा हुआ, मदिरा से लबालब

फ़िरदौसः– स्वर्ग, बैकुंठ, गुलशन, जन्नत, बहिश्त

रायलः– राजकीय ठाठ बाटवाला

सरशारः– नशे में चूओर, मस्त

क़ायल :–निरुत्तर का जाना, मान लेनेवाला।

*

देखो न एक हाथ तेरा एक हाथ मेरा
जैसे तेरे जिस्म में धड़कता दिल मेरा
तू मेरी आँखों का नूर मैं हूँ तेरी हूर
इश्क़ में दोनों ज़माने का क्या कसूर।

*

शरीर है मशीन
तकदीर है हसीन
फिर भी नहीं तस्कीन
क्या करे कोई मिस्किन।

*

ज़िंदगी रहे या न रहे
बंदगी वो रहे या न रहे?
संगदिली है मेरी तेरे साथ
कू–ए–गली में भी न छोड़ूँ हाथ
कलियों सी हंसी खिले तेरे साथ
बुज़दिली में भी रहूँ तेरे साथ।

*

मैं सुरमई आँखों में तेरे ख़्वाब बुनती हूँ
तू जब आता है सामने ख़्याल चुनती हूँ
कभी–कभी ख़ुद से चे-मी-गोइयाँ करती हूँ
लेकिन तेरे जाने के बाद ज़वाब ढूँढती हूँ।

*

कभी दाँतों से हथेली को काटे
कभी ज़ुल्फ़ों को हाथ से दूर करे
हाए रब्बा वो दिन न आए कभी
कि तू मुझे ख़ुद से जुदा करे!

*

तुम्हें देख के ख़ुद में जी लेते है
हिज्र में ख़ुद को चोट पहुंचाते है
दूर से ही देख के पास ले आए
वस्ल के बाद तुझमें ही मर जाए!

*

यूँ पन्ने बनके बहे जब नदी
कलम लिख जाए एक सदी
मोम भी आईना लगे फिर तदी
इश्क़ में दो दिल जाए बन हदी।

***हदी:**–क़ैदी

*

मैं लिख रहा हूँ अपने दिल–ए–अल्फ़ाज़ तेरी चाहत में
दिल नहीं लग रहा मेरा मरे जा रहे जज़्बात आहत में
जाह्नवी तू कोई ख़्वाब नहीं है पागल हक़ीक़त हो मेरी
हो तेरी मुहब्बत में तामीर जब तक ज़िंदगानी हो मेरी।

*

तुम वो चाँदनी हो फ़लक की
जिसमें दिखे बंदगी झलक की
बे–मुहब्बत आए बेचारगी सी
चाँद दिखे जब उठे पलक तेरी।

*

मैं मर रहा हूँ
मैं जल रहा हूँ
हसरत में लूटा हूँ
वहशत में लिपटा हूँ।

*

वफ़ा ख़ुदा के दर से शुरू होती है
लड़कियां इश्क़ में तबाह करती है
न कर इश्क़ बेवक्त मारा जाएगा
फिर ख़ुदा के घर किस मुंह जाएगा।

ग़ज़ल

“हिज्र”

कितने तेज़ भागते होंगे कितने मुस्कुराते होंगे
जाने कैसे लफ़ंगे होंगे जो उसके पास आते होंगे।

यूँ फ़िराक में उसके और तो ज़्यादा क्या होता होगा
यूँ ही मेरे गाल हैं गीले और गीले हो जाते होंगे।

रात होते ही जुगनूँ मुझे देखने के लिए ठहरने लगे
मेरी मख़मूर आँखों में जलती लौ देखने आ जाते होंगे।

एक शख़्स था जिसका बेसब्री से इंतज़ार करते थे
औरों से मुझे क्या मतलब हो आते हो आते होंगे।

मेरे दिल के दरवाज़े खुले रहे बंद होने की मत पूछे
भीत के रंग उड़े होंगे आँगन सूने रह जाते होंगे।

मेरे मरने के बाद कुछ तो रोएँगे कुछ हसेंगे
यानी मेरे मरने के बाद भी जी लिए जाते होंगे।

ऐसे इश्क़ में खोके मैंने ख़ल्वत–ए–ग़म से तौबा कर ली
मैं बेचैन हूँ ख़ुद को देख के उनके दम न जाते होंगे।

दोस्तों कुछ तो रहम करो यूँ हिज्र से दुखी रूहों पर
वो दो बिछड़ते होंगे एक दूजे से वो तो मर जाते होंगे।

"ख़ल्वतों में नहीं माहे तमाम"

गर्मियाँ ख़त्म होने को है लेकिन मैं तड़प रही सरे-शाम
सुकूतें-शब गुज़र रही है ख़ल्वतों में नहीं माहे तमाम।

हर रोज़ फिज़ाओं से कह देते हो इश्क़ की गलियों में रहे
ये कब तक पहरा भरेंगी मुझे तो चाहिए बस तू ही तमाम।

देखिए न किताबों के हर हर्फ़ में सूरत तुम्हारी नज़र आए
इसमें यूँ मेरा क्या कसूर हर्फों में लिखा जाए तेरा कलाम।

देखो न पठन-कक्ष में दिये की परछाई साया बनके डराए
मुझे क्या लेना देना चराग़ों से फ़क़त तू ही जगे लबे बाम।

तेरी शिद्दतें-तश्नगी में ये आँखें बाल्कनी सम्त रस्ता निहारे
ख़्वाब बेहिसाब ज़ख्म देते है पी जाऊँ मैं तल्ख़-ए-जाम।

पता है सुब्ह कलई दर्द में थी नहीं हो रहा था कुछ काम
मुझे तो दर्द में राहत मिली जैसी ही आया तुम्हारा पयाम।

सुनो इश्क़ इबादत मुहब्बत शोहरत वहशत ये सब क्या है
मेरी तो फ़क़त यही हसरत मेरे बच्चों को मिले तेरा नाम।

"पहली नज़र का प्यार"

पहली नज़र का प्यार उसकी ख़ुशबू में यूँ इत्र हो गया
वो मेरी आँखों से दिल में शाम–ओ–सहर हो गया।

वो आए सामने तीर–ए–नज़र ज़िगर के पार हो गया
जिसको देखा न था कभी वो रश्क-ए-क़मर हो गया।

जब उसको देखती थी आँखें जुगनू सी चमकती थी
वो पल याद आया है तो दिल बेचारा लहर हो गया।

लब ख़ामोश थे अज़ब सी कश्मकश थी सवालों में
वो एकाएक गायब हुए दिल बार–ए–दिगर हो गया।

जाँ-सोख़्ता हो जाते थे एक पल भी उसे न देखूँ तो
हाए रे! आँखें सोख़्ता–तर जब वो बे–ख़बर हो गया।

रातों को नींद किधर सफ़र करती थी मालूम नहीं मुझे
पर आँखें ज़हर थी जाज़बियत से मेरी नज़ र हो गया।

हाय ओ रब्बा मैं तो उसके इश्क़ के भँवर में सँवर गई
धड़क सा गया दिल मेरा जब वो शीशे में सूरत हो गया।

उसकी ख़ैर–ख़बर न आना जोशिश–ए–अश्क लाती
बेहोश पड़ी रहती जिस्म में दरुना से सीरत हो गया।

बज़्म–ए–जानाँ में उसके बिना मयस्सर नहीं दीद मेरे
ख़ैर वो नज़र आए देखते ही हिज्र से वस्ल तर हो गया।

उसकी पहली नज़र के तीर–ए–सुराख़ मेरे ज़िगर में है
देखिए हर पहर हर बहर से वो मुझमें ज़फ़र हो गया।

शब्दार्थ:–

बार–ए–दिगर:– पुन:, फिर से, दूसरी बार

जाँ-सोख़्ता:– प्राण निकलने को होना

सोख़्ता–तर :–Boiling Tears/Heat

दरुना:– हृदय, दिल, आंतरिक भाग

"कतरा कतरा बह गया"

कतरा कतरा बह गया फिर भी ज़ख्म भारी है
बहका बहका सा दिल है आँखों में अश्क-बारी है।

देखिए न शीशे से पानी में सब्ज़ काई की तैराई है
ज़ख्म है गहरा मगर मुझपे तेरी बातों की ख़ुमारी है।

रेत उड़ी है तो लगे है जैसे रूह बदन से हवा हो रही
ज़मीं पे बर्फ़ की चादर है साँसों में आह-ओ-ज़ारी है।

पत्थर पे बेल उग जाने से वो गुलिस्ताँ नहीं बन जाता
जहाँ बैठे हो अपने साँप बनके वाँ ज़ख्मों की क्यारी है।

बादलों में चाँद छिपा हुआ है फिज़ा में ज़हर की तारी है
बीमार बने हुए है मगर मेरी तुमसे मिलने की तैयारी है।

मुसलसल तोहमतें मिलने के बाद भी ज़ख्मों से यारी है
देखिए न याँ तुमसे न मिलके भी तो तेरी ही शुमारी है।

कितनी चोट खाई है गिन गिन के मैंने राह बिछाई है
अँधेरी रातें शहर पे छाई है फिर भी तेरी आब-दारी है।

"चाँद मेरा लबे-बाम पर टहलता है"

मेरी आँखों में कोई ख़्वाब जागता है
चाँद मेरा लबे-बाम पर टहलता है।

मेरे होंठों पे शिकायत की तैराई है
शायद चाँद मेरा रूठा हुआ लगता है।

मेरी रूह की कंदराओं में शोर नहीं है
चाँद मेरा अब भी उदास लगता है।

देखो हाथों में मेरे ये गुलाब पिघल रहे है
आज चाँद मेरा मुरझाया हुआ लगता है।

रेत पर चलते-चलते पाँव जल रहे है
सेज पर चाँद मेरा बेचैन हुआ लगता है।

कोई तो आकर ख़बर दो मुझे उसकी
चाँद मेरा खोया-खोया सा लगता है।

"प्रेम बग़ैर क्या है?"

मेरे हाथ की रेखाएँ कैसे सब्ज़ हो प्रेम बग़ैर
मेरे दिल में ज़िंदा कैसे नब्ज़ हो प्रेम बग़ैर।

हड्डियों का कीमा बन गया ग़म–ए–जुदाई में
तपते जिस्म में रूह कैसे सरसब्ज़ हो प्रेम बग़ैर ।

यूँ तो चीखती रातें साया बनके आँखों में रहे
वो पढ़े न मुझे तो चेहरा कैसे जब्ज़ हो प्रेम बग़ैर।

ज़माने में मिले तोहमतें सोहबतें आए शैदाई से
ये बताए ज़ख्मों की दूर कैसे कब्ज़ हो प्रेम बग़ैर।

इश्क़ को पाने के लिए काँटों में नहा लूँ ग़म नहीं
स्पर्श न मिले तो शुद्ध कैसे पदाब्ज हो प्रेम बग़ैर।

कू–ए–गली से गुज़रूँ सिवाय उसके कोई न देखे
मगर ये बताओ कि पर्दा कैसे दब्ज़ हो प्रेम बग़ैर।

मेरे नैनों में तो बसा है कुमुदिनी सा प्यारा चाँद
मेहबूब न मिले तो नैन कैसे अब्ज हो प्रेम बग़ैर।

शब्दार्थ:–

जब्ज़:–अपनी ओर खींचना

कुमुदिनी:– कमल

सोहबतें:–संगत, साथ, महफ़िल

पदाब्ज:–पदकमल, चरणकमल

दब्ज़:– मजबूत

अब्ज :–कमल का फूल

"रब्बा वस्ल हो जाए"

तन्हाई में ज़र्द बन गई मौत भी जैसे जुदा होने लगी
बेकरारी में सर्द है रातें सुर्ख़ होके गुमशुदा होने लगी।

मुझसे न पूछिए अकेलापन क्या होता है ग़म देता है
सब्ज़ मेरे ज़ख्म होने लगे दिल पे चोट ख़ुदा होने लगी।

देखिए न गाज़र भी लबों से लगके करेले के रंग में आए
चखना चाहूँ शीरीन गालों को रेत मुंह में गदा होने लगी।

ये स्याह नारंगी और गुलाबी साये दीवारों पे सोने लगे
ऐसा लगे जैसे ग़मगीन रातें चीखके काफ़िला होने लगी।

प्यास मिटाने को काँच में रखा था ठंडा जल क्या हुआ
रूह की आग में उबलने लगा है जल बर्फ़ हवा होने लगी।

इन जुल्फ़ों की मत पूछिए कैसे लहराके घटा ले आती थी
ये भी फिज़ा में सोए हुए फूलों के जैसे मुद्दआ होने लगी।

रात के सवा दो बज चुके है मगर मुझे बेचैनी सताए जाए
वो नहीं है सोए मेरे चश्म से घड़ी की सूई ख़फ़ा होने लगी।

मैं ध्यान लगाए इश्क़ में तल्ख़ अश्क पिए जा रही हिज्र में
कुछ मेहर कर रब्बा वस्ल हो जाए ज़िंदगी सज़ा होने लगी।

"चाँद"

मेरे दिल की दीवार इतनी साफ़ है शीशे में नज़र आए
मेरा इश्क़ वो मीठा ज़हर है जो नस नस में उतर जाए।

कोई फ़ित्नी छू भी न पाए तूफ़ाँ को सह ले मेरी कश्ती
बला आई और गई लेकिन वो मुहब्बत में बहर जाए।

कहकशाँ में बिखरे तारे उदासी में एक दूजे से जुदा हैं
मेरी तो दुआ भी दवा सा असर करके कारगर जाए।

न जाने क्यों नर्म रोटी का टुकड़ा गले में अटके जा रहा
लगता है भूखा सोया होगा मेरा चाँद रात बसर जाए।

हाय अल्लाह! इस भीषण गर्मी में विद्युत आए जा रही
चाँद मेरा कैसे सोए मेरी नींदों की कबाएँ कतर जाए।

सुना है हिज्र में उसने तारे गिन गिन पूरी रात गुज़ार दी
ओ मेरे रश्क–ए–क़मर तेरे फ़िराक में दिल सँवर जाए।

उसके चश्म–ए–नाज़ तो मेरे ही कू–ए–दिल में रहते है
जो मेरी रग–ए–जाँ में रहता है उसे छोड़ किधर जाए।

शब्दार्थः–

फ़ित्नीः– चालाक और अय्यार औरत, झगड़ालू, लड़ाका

चश्म–ए–नाज़ः– प्रिय की आँख

कू–ए–दिलः– इश्क़ की गली

रग–ए–जाँः– सबसे बड़ी खून की नस जो दिल में जाती है

“मैं खिल जाता हूँ अहद–ए–वफ़ा में”

तेरी ये मीठी बातें शहद बनके मेरे दिल में उतरती है
मैं खिल जाता हूँ अहद–ए–वफ़ा में जब तू धड़कती है।

आसमाँ जब बादलों सी चादर लपेटे सोया रहता है
तब चाँद तेरा तेरे आइने के आर–पार खोया रहता है।

सुन मेरी नाज़नीन पुरनूर–ए–सूरत लफ़्ज़–ए–हुरूफ़
मेरे आगाज़–ए–रुखसार दिल के कातिब–उल–हुरूफ़।

तू मेरी साँसों में महकती फ़िज़ा हो जो ख़ुद एक रज़ा हो
तेरे बिन कैसे चैन से सो जाऊँ ऐसा हो तो वो सज़ा हो।

मेरी जागती व सोती आँखों में फ़क़त तेरे ही ख़्वाब है
मेरे ज़ेहन में बसी सूरत को ख़ुशबू देता तू ही गुलाब है।

सोचता हूँ मैं तेरी ज़ुल्फ़ों की छाँव से बाँहों में खो जाऊँ
तेरे गुलाब से बदन की ख़ुशबू में मैं बे–हिसाब सो जाऊँ।

तेरे नाक की जाज़बियत रुखसार की लालिमा सताए
तेरी आँखों में चश्म उतार के बीनाई मेरी डूब तुझमें जाए।

"तन्हा थे बहुत"

एक तरफ़ आग लगी थी सीने में जीने में दग़ा हुई थी
जब वो चीर के मेरे दिल को छिप के रूह से दफ़ा हुई थी।

दिल भी तो पागल है जिसे चाहो वो किसी और का हो जाए
ये बेचारा घूट-घूट के मरे ऐसा लगे जैसे साँसें ख़फा हुई थी।

फिराक़ में मौत भी माँगे वो भी ना मिले तो ये दिल क्या करे
यूँ नसें कुरेद के मुहब्बत के निशाँ ढूँढें ऐसे जैसे रवाँ हुई थी।

जब हिज्र बन जाए भूख आँसू बन जाए प्यास तो क्या करें
मयकदों को फूँक दे दिल तेल में भूने ऐसे जैसे सज़ा हुई थी।

ज़ेहन के ख़्याल बे-ख़्याली पे उतर गए बीनाई मुरझा गई
लबों के समंदर सूख गए दर्द ऐसे उठे जैसे जफ़ा हुई थी।

चुब जाए कोई काँटा दिल में हो जाए सन्नाटा तो क्या करे
पर्दे की छाँव प्रेत बनके हँसने लगे ऐसे जैसे बेवफ़ा आई थी।

कोई समझ नहीं पाया मेरे इस नादाँ दिल को बहुत रोया था
तन्हा थे बहुत मगर खुशी हुई थी जब तुझसे वफ़ा हुई थी।

शब्दार्थः–

निशाँः– निशान

फिराक़ः– विरह, जुदाई

रवाँः– प्राण, प्राण वायु, जान, रूह का बहना हुआ, प्रवाहित, तीक्ष्ण, धारदार

हिज्रः– दुःख

बीनाईः– आँखों की रौशनी

जफ़ाः– ज़ुल्म, सितम, ज़्यादती

"शहजादी"

वो शहजादी जूँ निकली सवारी पे लोगों की जान जाने लगी
क़ुर्बानी में इक आशिक़ की आँख जोरों की क़ान बहाने लगी।

मैंने सोचा ये हो क्या रहा है पूछूँ ज़रा आख़िर मसला क्या है
ऐसा लगे जैसे थम गई साँसें तेज़ घोड़ों की नाल चिल्लाने लगी।

मैंने पलट के देखा तो हुस्न-ए-आफ़ताब से चौंधियाँ गई आँखें
ऐसा लगा जैसे बिन बारिश के चिट्टे बादलों की छान तैराने लगी।

जैसे ही वो हुस्न-ए-जल्वा नक़ाब से ढके चेहरे में आँखों से देखे
वैसे ही उसकी झुकी निगाहें मेरे दिल में तीरों की ख़ान बनाने लगी।

कुछ देर टिकटिकी जमी रही ज़ालिम घड़ी की सूई भी तेज़ न हुई
रेत भी मानो हाथों में सिमट सी गई तूफ़ानों की शान किनारे लगी।

जब दोनों को होश आया तो ख़ुद को इश्क़ के जाल में बंदी पाया
इश्क़ की तामीर में ख़्वाहिशें जैसे मुहब्बतों की उड़ान पाने लगी।

शब्दार्थ:–

क़ान :–ख़ून, लहू, रक्त

छान:– चादर, छप्पर

"सुना है जो दिखाई ना दे वो ख़ुदा कहलाए"

सुना है जो दिखाई ना दे वो ख़ुदा कहलाए बन मानो ख़ूबसूरत जाए
मैं भी तो देखूँ सारस के जोड़े कैसे ऊँचा बोलके मोरों जैसी सूरत पाए

आइने के इस पार भी तू है उस पार भी तू है बताओ कहाँ कहाँ नहीं है
सुन ओ! मेरी गुल-पोशी तुझे देख के चेहरा मेरा सेबों जैसी रंगत पाए

तेरे लफ़्ज़ ऐसे जैसे अंगूर का रस टपके बनके अमृत मेरे दिल में उतरे
मय को कौन ढूँढें बिन पिलाए तेरी आँखें मयकदों जैसी क़ीमत पाए

सुना है तेरे लफ़्ज़ों में ख़ुदा ने ख़ुशबू को तराशा है जो बेहोश करे
मुझे तो चेहरा तेरा किताबी लगता है जो दीवानों जैसी वहशत लाए

तिश्नगी की जुस्तुजू में दिल मेरा इधर-उधर के साहिलों पे ख़ाक छाने
मैं बे-ख़बर था प्यास बुझाने तुम तो जमजम कुँओं जैसी शोहरत लाए

मेरा कँवल जैसा दिल कुम्हलाया हुआ था तेरी परछाई से खिल उठा
वरना किसे ख़बर थी ख़ल्वतों में वहशत-ए-दिलों जैसी मोहलत आए

अब दिल को कैसे संभालूँ जो तपते सहराओं में आग के शोले बरसाए
बिन खाए पिए रातें गुज़रें ज़िंदगी घूटती साँसों जैसी पुर-कुदूरत लाए

शब्दार्थ:–

गुल-पोशी:– फूलों से ढका हुआ

पुर-कुदूरत:–कीना से भरा हुआ, दुःख से भरा हुआ, पुर मलाल

“सुना है जब तू सुरमा लगाए तो बारिश हो जाए”

सुना है इत्र की ख़ुशबू साँसों में महक जाए
मगर तुम ख़ुशबू हो तुम्हें छूते ही बहक जाए।

सुना है चारसाज़ी आए तो दवा असर करे
मगर तेरे हाथों में दुआ दवा में बसर जाए।

सुना है फिज़ा चले अफ़रादों को चैन मिले
मगर तुम गुज़रों गली से तो चाँ द ठहर जाए।

सुना है दीवारों पे साए लिपट के आहें भरें
मगर तेरी जुल्फ़ों की छाँव में नींद ख़बर लाए।

बादल धीरे–धीरे मेरे आँगन में उतरते जाए
मगर मुझे तो पानी में तेरा 'अक्स नज़र आए।

सुना है सूर्य की पहली किरण तेरा दीदार करे
ये बात है तो चलो तेरे शबिस्ताँ के दर आए।

सुना है जब तू अंगड़ाई ले तो चराग़ जल उठे
ये बात है तो शमा–ए–बज़्म–ए–जानाँ भर जाए।

सुना है जब तू सुरमा लगाए तो बारिश हो जाए
ये बात है तो चलो भीगने को तेरे घर आए।

शब्दार्थ:–

अफ़रादों:–लोगों को

शबिस्ताँ:– शयनकक्ष, शयनगार, सोने के लिए बिस्तर

बज़्म–ए–जानाँ:– महबूब की महफ़िल

"जब से तेरी पनाह में आया हूँ"

जब से तेरी पनाह में आया हूँ बंदिशों में दिल गवारा सही
तू मुझे पलकों पे सजा ले जुंबिशों में दिल नवा–रा सही।

इश्क़ में सात समंदरों के जल से स्याही बनाके नाम लिखूँ
तेरी तिश्नगी नैनों से मिटाऊँ ख़ल्वतों में दिल आवारा सही।

मैं अपने नर्म लबों से ज़मीं पे तेरे नाम की ग़ज़ल सजाऊँ
आसमाँ को काग़ज़ बनाऊँ काविशों में दिल बंजारा सही।

चुपके–चुपके तेरे नाज़ूकी हाथों में लाल चूड़ियाँ पहना दूँ
साँसें फिज़ा में बिखर जाए बारिशों में दिल फ़व्वारा सही।

अब कैसे बताऊँ दिल तेरी दीवानगी में दीवार घड़ी हुआ
दुल्हन बनाके घर ले जाऊँ रतियों में दिल आईना सही।

मिलन की रात होगी दिन में चाँद–तारों की बारात होगी
तेरे हिज्र में दिन–रात तड़पूं चाहतों में दिल रुख़्सारा सही।

तेरी सेज को लाल गुलाबों से सजाऊँ बस देखता ही जाऊँ
तेरे घूँघट के आर–पार मेरी अँखियों में दिल शर्मीला सही।

शब्दार्थ:–

ज़ुंबिश:– गति, चाल

नवा–रा:– नाम

काविशों:– जुस्तुजू, तलाश

ख़ल्वतों:– ख़ालीपन

रुख़्सारा:–चेहरा

"किसमें क्या रखा है"

तू मेरी आँखों के सामने है तो माज़ी में क्या रखा है
तेरी फ़लसफ़ी तस्लीम करूँ कहानी में क्या रखा है।

ज़हनी नफ़सियाती का कोई मर्ज़ नहीं दर्द क्यों ज़र्द
तो टूटे दिल-ए-मशरिक़ की रवानी में क्या रखा है।

मेरी साँसें इतनी आरिज़ी थी जितनी बेकल थी बेख़ुदी
तेरी आँखों में तैर जाऊँ तो फिर सूनामी में क्या रखा है।

कोहिनूर क्या है पत्थर है तू तो जीता जागता हुस्न है
तेरे इश्क़ में डूब न जाऊँ तो सुहानी में क्या रखा है।

तेरी निगाहों की जाज़बियत दिल में दवा सा असर करे
तुझसे प्यार मैं क्यों न करूँ यूँ बेइमानी में क्या रखा है।

सारे आईनों को जंग लग जाए आँखें धुँधली हो जाए
तू न बन पाए हमसफ़र तो फिर ज़वानी में क्या रखा है।

शब्दार्थ:–

माज़ी:–अतीत

ज़हनी नफ़सियाती:– दिमाग़ी मनोरोग

मशरिक़:– पूरब, पूर्व दिशा

आरिज़ी:– व्यथित

सुहानी:–सुंदरता, सुंदर, सौंदर्य

"क्या बात है"

तेरे चेहरे पे लाली लाली पे हुस्न-ए-आफ़ताब क्या बात है
तेरी नाक में नथनी नथनी में जैसे चमके चाँद क्या बात है।

इश्क़ की कजलाई हुई चिंगारी चमक उठी चेहरे पे मेरे
आँखों में काजल हाथों में गाजल लिए ख़्वाब क्या बात है।

आँखों को मलते हुए तू जम्हाई लेते हुए उठे ग़ुनूदगी से
ऐसा लगे जैसे आफ़ताब निशा में ढूंढे प्रभात क्या बात है।

होंठों पे तबस्सुम तबस्सुम में मीठा शहद धीरे से गालों पे टपके
ऐसा लगे जैसे दिल में अहद-ए-वफ़ा बनाए मकान क्या बात है।

आँखों के इशारे इश्क़ के मारे दिल तुझपे हारे कहाँ को जावें
तेरे हाथों से बने परांठें रातों से भूखे जगाए भाव क्या बात है।

शरबत से मीठी बातें करे रातें जगरातें जाने क्या क्या मुलाकातें
तवील रात के पहलू में आके सो जाए लगाए बाम क्या बात है।

शब्दार्थ:–

गाजल:– हाथों में सजी चूड़ियाँ

ग़ुनूदगी:– कच्ची नींद, निद्रालस, नशा, ऊँघ

प्रभात:–सुबह; भोर; सूर्योदय; तड़का; प्रातःकाल

"तेरी सूरत पत्थर में भी नज़र आए"

जब दबी हुई ख़्वाहिशें दिल का साथ छोड़ दे तो क्या करें
जब मैं तेरी नज़र से देखूँ तो सब ख़ूबसूरत लगे तो क्या करें।

ये दिलकश ज़िंदगी कैसे काटे जब कहीं भी दिल ना लगे
हाल-ए-दिल क्या बताए बिन तेरे दिल मरने लगे तो क्या करें।

मैं तुम्हें निशात-ए-मुहब्बत ना दे पाऊँ तो घूट-घूट के मर जाऊँ
तेरी यादों में बेचारा दिल-दिल दिन-रात कराहें तो क्या करे।

मेरी तन्हाइयों में तू आए तो चुपी टूटे मेरी पलकों का बोझ उतरे
अभी-अभी मेरे दिल की क्यारी से ख़ुशबू लौट जाए तो क्या करे।

मुझे डर है मैं साँसें रोक लूँ तो दिल के दरवाज़े बंद न हो जाए
गर ऐसा हो गया तो मेरी मज़ार पर कोई दीया जले तो क्या करे।

हुस्न को समझने के लिए वक़्त चाहिए मेरी जान हड़बड़ी नहीं
अक्सर इश्क़ की आग में दिल जब बेचैन होके रोए तो क्या करे।

रूठने की आदत क्यों डाली जाए ख़ल्वतों में गुफ़्तगू की जाए
दलीलें अगर मेरे खिलाफ़ हो तो हिमायत तेरी न हो तो क्या करे।

किस्मत ऐसी हो कि ख़ुदा भी आके पूछे बता क्या है तेरी रज़ा
तेरी सूरत पत्थर में भी नज़र आए अर्श फूल बरसाए तो क्या करे।

शब्दार्थ:–

हिमायत:–रज़ामंदी

निशात-ए-मुहब्बत:–मुहब्बत में ऐश करवाना

ख़ल्वतों में गुफ़्तगू:– ख़ालीपन में बातचीत

अर्श:–आकाश, आसमान

"लबों की नुमाईश"

लबों की नुमाईश है बस प्रिय तेरी ही सिफ़ारिश है
क्या कहूँ तू है प्यारी सी सखी लफ्ज़ों की पैमाईश है।

तुम हर दम लिखती रहती हो कलम यूँ ही चलती रहे
नाम हो तेरा वाई क्यू पे ख़ुदा करे शोहरत बनती रहे।

रात के साए तुझसे दूर ही रहे जुगनूँ शबिस्ता पे ठहरे
बातें तेरी ऐसी जैसे दरिया में मुसाफ़िर सफ़ीना ले चले।

तू कोई परी है जो ख़्वाब पूछे बिना पूरे करने को उड़े
तुझे जन्नत में सुकूँ मिले ज़मीं तेरे इश्क़ में चहकती रहे।

तेरी वाणी में कोयल सी मिठास हो तू हरदम दिल में रहे
आसमाँ में बादल तेरे कशुओं के लहराने पे गर्जना करे।

क्या कहूँ लफ़्ज़ नहीं है मेरे पास तू भी न है बेमिसाल
यूँ ही सदा मुस्कान लबों पे रखना करके हृदय विशाल।

"चाँद-I"

मेरे दिल की दीवार इतनी साफ़ है शीशे में नज़र आए
मेरा इश्क़ वो मीठा ज़हर है जो नस नस में उतर जाए।

कोई फ़ित्नी छू भी न पाए तूफ़ाँ को सह ले मेरी कश्ती
बला आई और गई लेकिन वो मुहब्बत में बहर जाए।

कहकशाँ में बिखरे तारे उदासी में एक दूजे से जुदा हैं
मेरी तो दुआ भी दवा सा असर करके कारगर जाए।

न जाने क्यों नर्म रोटी का टुकड़ा गले में अटके जा रहा
लगता है भूखा सोया होगा चाँद मेरा रात बसर जाए।

हाय अल्लाह! इस भीषण गर्मी में विद्युत आए जा रही
चाँद मेरा कैसे सोए मेरी नींदों की कबाएँ कतर जाए।

सुना है हिज्र में उसने तारे गिन गिन पूरी रात गुज़ार दी
ओ मेरे रश्क-ए-क़मर तेरे फ़िराक में दिल सँवर जाए।

उसके चश्म-ए-नाज़ तो मेरे ही कू-ए-दिल में रहते है
जो मेरी रग-ए-जाँ में रहता है उसे छोड़ किधर जाए।

शब्दार्थ:-

फ़ित्नी:- चालाक और अय्यार औरत, झगड़ालू, लड़ाका
चश्म-ए-नाज़:- प्रिय की आँख

कू–ए–दिल:– इश्क़ की गली

रग–ए–जाँ:– सबसे बड़ी खून की नस जो दिल में जाती है

"तीर–ए–निगाह"

मुझमें मेरा क्या है अंजाम यॉं तो फ़क़त तू ही तमाम
मुझे आने लगा ख़्वाब जब आया होंठों पे तेरा नाम।

ये तेरे तीर–ए–निगाह मेरे ज़िगर पे सौ सौ वार करे
तुम तो शीशा–ए–जाम देके बनाए जा रही ग़ुलाम।

मेरे दिल में उठ रही है चाहत की तरंग क्यों न चाहूँ मैं
तेरे चेहरे को तराश के आँखों से पी जाऊँ कोई जाम।

तुम यूँ सब्ज़ होके सफ़ेद पोशाक में किधर को चली
दिल-ए-नादाँ दुआ मेरी बन जाए तेरा वक़्त-ए-क़याम।

क्या बताए तेरी सादगी के आगे फीका लगा मुझे चाँद
कौन होगा जो तप–ए–इश्क़ में न पढ़े कोई कलाम।

तेरा नज़ीर सा बदन हुस्न–ए–जाज़बियत सम्त खेंचे
तुम तो वो शमा हो जो बुझे हुए चराग़ों में करे भाम।

अर्श की चाँदनी हो या कोई बिछड़ी हुई गुल-ए-बहिश्त
तुम चाहे कोई भी हो मेरा दिल से कबूल करो सलाम।

शब्दार्थ:–

नज़ीर :–सोना–चाँदी

वक़्त-ए-क़याम:– समय का ठहराव, खड़े होके पूजा करना,

ठहरने का समय

भाम:– रौशनी, प्रकाश, तेज़

गुल-ए-बहिश्त:–स्वर्ग का फूल (गुलाब)

"दुल्हन बनना बाकि है"

जब हिचकियाँ ऊपर–नीचे होने लगे तो कोई याद ज़रूर करने लगे
मुझे भी तेरी याद सताए मगर तुमसे ब्याह की हसरत अभी बाकि है।

देखिए न ग़म की देहलीज़ पर ख़ुद को ज़ख़्म देके आज़माना चाहिए
जज़्बात साँसों में अटके हो मगर यूँ फितरत में जीना अभी बाकि है।

मौत को देखा नहीं सुना है ख़ूब–रू होती है छोड़िए क्या लेना देना है
मैं दिन–रात हिज्र में सह लूँ वहसत मगर तुमसे वस्ल अभी बाकि है।

कई प्रेमी सहराओं में रेत की तरह बिखर गए समेट न पाए ख़ुद को
वक़्त की तेज़ी में हो रहमत मगर तुमसे मिलन–घड़ी अभी बाकि है।

जब भी सैर करने जाऊँ गुलिस्ताँ में ज़ालिम काँटे मेरी कलाई पकड़ ले
नाज़ूकी लबों पे नाम शोहरत पाए मगर तेरी मेरी रात अभी बाकि है।

अल सुब्ह दफ़्तर जाने लगूँ आँख भर आए सोचूँ वो दिन कब आए
जब तुझे खिलाऊँगी मेरा बदन हो तर मगर तेरा होना अभी बाकि है।

हाए वो पल कैसे होंगे जब हम दोनों साथ में बैठके गुफ़्तगू करेंगे
ज़ीस्त के तमाम झमेलों से होंगे दूर मगर तेरी जुस्तजू अभी बाकि है।

तू मेरी इमली मैं तेरी तीखी मिर्च तल्ख़ अपने होंठों से शीरीन करूँगी
तू मिशरी है मैं हूँ तेरी शक्कर मगर तेरी गरेवी चखना अभी बाकि है।

हाए रे! मेरे पनीरी मोमोज मेरे दिल की कड़ाई में तू हर वक़्त फ्राई हो
मैं तेरी हीर बनाऊँ खीर मगर तेरी पीर को सीने पे लेना अभी बाकि है।

हाए रे मेरे जलेबी के रस भर लूँ तुझे कंठ में रहूँ तेरे दिल की हवेली में
तेरे सारे दर्द मुझमें हो बसर मगर तेरा तामीर होना अभी बाकि है।

मेरे शैदाई मेरी आँखें तो कब से श्रृंगार करके तेरी राह देख रही है
बेख़ुदी में आँहें भरे सुर्ख़ लिबास में इत्र की महक अभी बाकि है।

मेरी भूख भी तू है मेरी प्यास भी तू है मचलता हुआ समंदर भी तू है
क्या लेना किसी से सबसे इतर मेरा तेरी दुल्हन बनना अभी बाकि है।

"मेरे रश्क-ए-क़मर"

तन्हा होके सोचती हूँ तो फ़िज़ा में स्याह जुल्फ़ें बिखरती जाए
लोचती हूँ जैसे नन्ही मछली पानी के बहाव में निखरती जाए।

देखो ना ज़मीं पे फैली है चाहुँ ओर हरियाली गुल भी हँस रहे है
मैं कब से तुम्हारी राह देख रही हूँ ओढ़नी मेरी सँवरती जाए।

तुम्हें याद है अगले माह हमारी रस्म है हाए मैं चहकती जावाँ
मन मचला जाए चाह तुम्हारी लगन की मुझमें बढ़ती जाए।

सारे ज़माने को पता चले जब हम जुफ़्त बनके बाज़ार चले
हाथों में हाथ हो कि साँस लेती फ़िज़ा भी जैसे जलती जाए।

जब बैठे हो हम झील किनारे तो पंछी गाए कँवल मुस्कुराए
मैं तुम्हें देख के ग़ज़ल सुनाऊँ बज़्म–ए–जानाँ सजती जाए।

अर्श की छाँव में चाँदनी बन जाऊँ फ़क़त तुझे देखती जाऊँ
सुरमई आँखों में डूबी रहूँ सारी रात बाँहों में गुजरती जाए।

देखिए न ज़मीं पे सब्ज़ बर्फ़ पिघल रही है पायल है ख़ामोश
तू याद करे यहाँ हिचकियाँ भी ढोल रही रूह सिसकती जाए।

सुनो मेरे चाँद के टुकड़े तेरी शहजादी यहाँ रूठी खड़ी है कब से
ओ मेरे रश्क-ए-क़मर तेरे बिन अधूरी हूँ तेरी कमी खलती जाए।

शब्दार्थः–

जुफ़्तः– मियाँ–बीवी

"सच सच बताना"

यूँ वक़्त बे-वक़्त मुझे क्यों तड़पाते हो जानाँ
सच सच बताना मंद-मंद क्यों मुस्कुराते हो जानाँ।

जैसे एक लता पेड़ से लिपट के इश्क़ जताए
वैसे मुझे बाँहों में भरो क्यों रुलाते हो जानाँ।

शब-ए-वस्ल में राह देखते-देखते आँखें हुई ज़र्द
क्या अंदाज़ है आए हो देर से ज़ुल्म ढाते हो जानाँ।

मैं तो तेरी अदा पे वारी जावाँ कितना शरमाते हो
दिल धड़क रहा है तेज़ पर क्यों घबराते हो जानाँ।

क्या आज मेरा चाँद ख़ामोश है ज़रूर कोई बात है
सच सच बताना डाँट दूँगी मुझसे छुपाते हो जानाँ।

देख रही हूँ कब से आज मेरा नूर बना बज़्म-ए-जानाँ
कुछ भी हो ख़ामोशी में नैनों से बाण चलाते हो जानाँ।

ख़ैर छोड़ों मुझे ये बताओ तुमने कुछ खाया बोलो
मुरझाए चेहरे से लगता है पहेलियाँ बुझाते हो जानाँ।

सच सच बताना गर मैं न रही किसी दिन क्या करोगे
अच्छा चुप! इतना प्यार फिर क्यों सताते हो जानाँ।

“चाय की आदत”

ये भाग दौड़ भरी जिंदगी है दोस्तों!जहाँ थकावट बन जाए अदावत
मुझे तो ज़ीस्त में हमनवा संग मिल जाए फ़क़त दो पल की राहत।

मैं अख़बारों के गलियारों से देख के तेरी आँखों से ले लूँ इज़ाज़त
जब तुम पास बैठे हो तो तुम्हारी मुस्कुराहट से मिल जाए चाहत।

काँच के दरीचों से झाँकती ज़िंदगी से हर रोज़ हो जाए मुलाकात
यूँही मिट जाए होंठों की तल्ख़ कि मिले ज़िंदगी के साए से हरारत।

अर्श में खिले आफ़ताब के उबलते लबों से मिले बर्फ़ सी इज़ाफ़त
आज कुल्हड़ सी ठंडक कहाँ यहाँ तो तपते काँच में हो गई शरारत।

जैसे ही मैं रसोई से नर्म हिना से सजे हाथों में गर्म चाय लेकर आई
वैसे ही वो मुझे नीम-शब आँखों से पीने लगे करे कोई नदामत।

ज़ख्म तन्हाई के कितने भी गहरे हो ग़मगीन चाहे कितने ही चेहरे हो
वो भी कड़क चाय से मिट जाए सुस्त चेहरों से लबों पे हो सबाहत।

जब इलायची लौंग अदरक कलौंजी कूट पीसकर एक ही रंग बनाए
तो चाय मुहब्बत बनती जाए दर्द बेचारा ख़ामका आए खाए जराहत।

दर्द चाहे कैसा भी हो चाय बस दवा बनती जाए सदाकत में
सीने में ऐसे धड़क जाए जब कड़क चाय बन जाए हिफाज़त।

देखो चाय से उठने वाला धुआँ भी कोहरे सा लगने लगा हो जैसे
तुम्हारे संग चाय वाला इश्क़ गहरा होने लगा बन गया जैसे क़यामत।

कितने ही घाव समेटे सीने में चाय से लगाव बढ़ाते ही चले गए
ये शौक़ है या है कोई तलब फ़क़त बहक के तुझमें बन गए आदत।

शब्दार्थ:–

अदावत : दुश्मन, शत्रु

हरारत :– जोश

नदामत:– शर्मिंदगी, शरमाना

सबाहत:– तैरना, तैराई, गोरापन

जराहत:– ज़ख़्म

सदाकत:– खरापन, गवाही

“मिन्नतें और जज़्बात”

जीने नहीं देती मुझे यह तल्ख़ तन्हाई रूसवाई कर गई ख़ुदाई से
पीने नहीं देती घूँट आँसुओं के फ़क़त बेवफ़ाई कर गई दवाई से।

सामने है दीवार मगर पर्वत सी नज़र आए कैसे पार जाए
रोती रही दिख गई जब तस्वीर शनासाई कर गई शैदाई से।

मेरी नसों में बहते ख़ून से लगता है जैसे वो तैराई कर रहा हो
जब सुन्न पड़ जाए हाथ नब्ज़ जैसे पज़ीराई कर गई बीनाई से।

ये कौन है जो रातों में चीख़ चीख़ के स्याही को दस्तक दे रहा
अभी तो निकला नहीं चाँद मेरा वो तमाशाई कर गई दानाई से।

जिसे देख ठंडी आँहें भरते है वो चैन से बिस्तर में सोए हुए है
सुब्ह तो कब की जा चुकी रात सितमज़ाई कर गई रानाई से।

कौन मिन्नतें करे इस ज़माने से मेरे जज़्बात तो मुझमें ही अच्छे है
मेरी मोहब्बत ही दिल की गहराइयों में तमन्नाई कर गई रसाई से।

ख़ैर मेरे रब्ब का शुक्र है इन्हें होश तो आया मेरे क़रीब होने का
वरना हम तो मर ही जाते इनकी आँखें पैदाई कर गई शहनाई से।

शब्दार्थ:–

पैदाई:–नुमाईश

“मेरी जान, मेरी ज़िंदगी”

मेरे ज़ख्म पहचानते है तेरे लबों को एक गुल की तरह
तू अगर छू ले मुझे तो दर्द अपने रस्ते हो धूल की तरह।

तेरी साँसों की खुशबू मुझमें ग्लूकोज की तरह महके
तेरे दीद से मेरे सारे ग़म मिट जाए यूँ फजूल की तरह।

मुझे याद है सुकूत–ए–शब जो तेरी बाँहों में गुज़री है
मर्ज़ तू बने पीड़ बदन की हवा हो जाए ख़ुयूल की तरह।

देखो ये जुगनूँ टिमटिमाते है रतजगों में इश्तिहार लिए
तेरी शै इन आँखों में गुलिस्ताँ लगती है अमूल की तरह।

सुनो ना! तेरे बिना ये आँखें रोज़ तकिए भीगो देती है
वक़्त मिले मेरे लिए ख़ुद को ले आना हुलूल की तरह।

धुँआँ–धुँआँ सी है ज़िंदगी तेरे बिना बे–मौसम आँखें है
ना तड़पा रे मुझे फ़क़त दिल में भर लो क़ुबूल की तरह।

देखो ना! आज तुम नहीं आए तो ये सितारे उदास है
मुझपे क्या गुज़र रही है रात ये चुब रही शूल की तरह।

आईना भी देखूँ तो उसमें फ़क़त तू ही मुस्कुराए जाए
कितना रुलाओगे सुनो मैं ही आ जाऊँ बतूल की तरह।

तेरे दिल की ज़मीं पर मेरे दिल की ग़ज़ल बज़्म सजाए
तेरे दिल में ख़्वाबों सी महक जाऊँ एक फूल की तरह।

शब्दार्थ:–

ख़ुयूल:– घोड़े, रिसाले

हुलूल:–एक चीज़ का दूसरी चीज़ में पूरी तरह घुल जाना

बतूल:– पवित्र, पाकीज़ा

"जुस्तजू"

रिमझिम बारिश से बहके कूचे में पानी लहराता जाए
छम–छम यूँही तड़प के मेरी आँखों में चाँद नहाता जाए।

आहिस्ता–आहिस्ता चलूँ तो ख़ुद का ही चेहरा नज़र आए
देखो आसमाँ में सजा है बिस्तर ज़मीं पे मेघा ठहर जाए।

बिजली की तार पे बैठे दो कबूतर ख़ामोशी में गुफ़्तगू करें
जैसे वो भार दिलों से उतार के ज़ख्मों में जुस्तजू करें।

तेरी सूरत देखे बग़ैर बिन हवा के मेरा दम घूटा जाए
देखो आसमाँ में ख़फ़ा सूरज अग्नि के गोले बरसाए।

तन्हा तुझसे होके जैसे मेरा बदन तर–बतर हुआ जाए
बिन साँसों के मेरा ये पागल दिल मर–मर के दुआ में तरसे।

तुम्हें क्या मालूम तन्हा मेरा ये दिल कैसे ज़हराब उगले
सच कहूँ रे! ये सारा जहाँ बिन तेरे ख़ानमाँ–ख़राब लगे।

क्या सितम है कि मैं ख़ुद को गँवा भी दूँ तो बिखर जाऊँगी
तेरे बिन मयस्सर नहीं ज़िंदगी जुस्तजू में तेरी मैं निखर जाऊँगी।

मेरी गुज़ारिश है लौट भी आओ कि यह दिन ढल ना जाए
लावारिश मौत ही ना आ जाए तेरे–बिन मर ना जाए।

शब्दार्थः–

ज़हराबः– विष मिला हुआ पानी, ज़हर का पानी

ख़ानमाँ–ख़राबः– भाग्यहीन, अभागा, बर्बाद, तबाह

“तेरे बिना”

सुन शायर तेरे बिना इश्क़ की दीवार ज़ख्मी हो जाएगी
और पानी की दीवार तो अपना रास्ता ही भूल जाएगी।

काग़ज़ के टुकड़े को जो हाथ लगाएगा वो जल जाएगा
तेरे बिना फिर यहाँ तहरीर साँस लेना ही भूल जाएगी।

तू वो नग़्मा है जिसमें फिज़ा भी छाती फुलाके आती है
तेरे बिना फिर शायरी में ज़िंदगी जाविदाँ न रह पाएगी।

तू वो समंदर है जिसके बिना साहिल प्यासे रह जाएंगे
मौज–ए–रवाँ फिर तेरा कोई पैग़ाम लाना भूल जाएगी।

चाँद फ़लक में दिखना बंद हो जाएगा ख़ामोशी होगी
महफ़िलों में शमा–ए–लौ हमेशा के लिए बुझ जायेगी।

हम तुम्हारी पलकों के आँसू है आप गए तो टूट जायेंगे
फ़िराक में तेरे आँखें उदासी का सबब न जान पाएंगी।

हो सके तो रुक जा मेरे अश्कों के शहज़ादे दूर न जा
बिन तेरे इश्क़ की गली सदा के लिए सुनी रह जायेगी।

"सोचती हूँ ख़ुद को भूल जाऊँ चाहत में तेरी"

सोचती हूँ ख़ुद को भूल जाऊँ चाहत में तेरी
बहती हूँ फिज़ा में लूट जाऊँ राहत में तेरी।

तेरी वफ़ा के सदके आहुति दे दूँ प्रियतम
मेरी ख़ता माफ़ करे ज़िंदगी मुबाहत में तेरी।

अपना दिल निकाल के रख दूँ राहों में तेरी
क़दमों में सारी ख़ुशियाँ हो सिक़ाहत में तेरी।

दिल–ए–जिगर क्या मैं ख़ुद को मिटा दूँ
कार-ए-जराहत करके जिस्म साहत में तेरी।

तमाम उम्र बीत जाए मेरी यूँ तेरे दीदार में
दिल जुदाई में हो जाए आहत शबाहत में तेरी।

तेरे इश्क़ में नशा है तेरी आवाज़ में मिश्री
फिर कैसे छोड़ दूँ तुम्हें मैं खो जाऊँ चाहत में तेरी।

"वादा-खिलाफ़ी"

प्यार किया था अब हिज्र की दुहाई में मुझे दुःख याद आएगा
अरमानों की लाश कौन उठाएगा क्योंकि तू याद आएगा।

क़ाइल हुई थी तेरी दीवानगी में घर-बार सब कुछ भूल गई थी
अब पछतावा रहेगा तेरी बेवफ़ाई का दिल को तू याद आएगा।

मेरे दिल में जलता दीया बुझने लगा है ये कौन सी आफ़त है
न जाने क्यों प्यार की मजबूरियों में वादा तेरा याद आएगा।

रुख़सत होके मेरे दिल से मेरे घर से मेरी दहलीज़ से सब ले गया
धूल भरे तूफ़ानों में शमअ लौ जलाने तू याद आएगा।

मेरे मुरझाए चेहरे को फिर से आबाद करने कौन आएगा
उल्फ़ती में सब लुटा दिया बैगानी राहों में तू फिर से याद आएगा।

तेरे इश्क़ की खातिर मैंने दरिया क्या हाले समंदर पार किया था
कश्ती के इस मझधार को किनारे लगाने तू याद आएगा।

नाज़ुक से इक़रार में शरारतन तुमसे प्यार कर बैठे दिल दे बैठे
अब फ़िराक में डूबे इस दिल को कश्ती में बैठाने तू याद आएगा।

अपनी बाज़ुओं को पतवार बनाके समंदर की लहरों से सामना किया
अब ग़म में डूब रहे है हमें तैरना नहीं आता तू फिर से याद आएगा।

यूँ ज़माने के हवाले छोड़के मुझे सदा के लिए रुख़सत मत कर
ज़रा वादा-ए-विसाल की याद कर शायद तुम्हें कुछ याद आएगा।

"बैठ मेरे पास"

सुन मनमीत को छछिया भर छाछ ना आच्छा लागै
देखो तो अल्हड़ छोहरियों के मुखड़े को काँचा बाँचै।

देखो तो ज़रा सुर मधुर कर मकर चले समंदर
न अवरुद्ध ख़ुद सुध-बुध खोके सफ़र करे जलंधर।

बेकसी में रूपसी ख़ूबसूरती सी मूर्ति लिए शर्माए
जाको राखों गाँवों में झाँको स्फूर्ति लिए आए।

ये ख़ामोशी ये मदहोशी क्यों लाए बेहोशी
तू बैठ जा मेरे पास तुझे मिल जाए सरगोशी।

दिलों में प्यार–व्यार क्यों बन जाए व्यापार
फिर न बात न मुलाकात गुज़रे रात आर–पार।

कभी उसकी ख़बर से सारा घर महकता है
आसमाँ से झर के सूर्य बेचारा किस दर तड़पता है।

“आँधियों में भी जलकर वहाँ निरंतर दीवा हूँ मैं”

देखो घायल है एक परिंदा मगर ज़िंदा हूँ मैं
मौज़ों में क्या ढूँढ रहा दरिंदा इधर ज़िंदा हूँ मैं।

तेरी तिशनगी में चाहत तो भूख में इश्क़ हूँ
तेरी नीली आँखों से पीके समंदर दरिया हूँ मैं।

सिगरेट के छल्ले बादल बनके मँडरा रहे है
तेज़ बारिशों में लबों पे तैरकर मसीहा हूँ मैं।

मेरे लब–ए–नाज़ूक तेरे गुलाबी गालों से तर है
उधर सूरज नाराज़ है कब से जलकर ठंडा हूँ मैं।

जान पे खेलकर जान तेरी बन गए है हम तो
ज़माने से क्या डर तूफ़ानों में खेलकर पैदा हूँ मैं।

पानी में कितनी कशिश है तेरी सूरत नज़र आए
तेरी नब्ज़ से दिल में चाँद बनकर नक़्शा हूँ मैं।

मुझे देखले जी भरके मैं नस नस में हर्फ़ जैसा हूँ
जितना भी पढ़ोगे दिल में उतकर कलमा हूँ मैं।

अब क्या बताऊँ क्या यही सब काफ़ी नहीं है
आँधियों में भी जलकर वहाँ निरंतर दीवा हूँ मैं।

"छलिया मेरा मन"

छलिया मेरा मन तेरे-बिन जैसे बहका जाए
अँखियाँ रात-भर साए से घबरा जाए।

ये दिल कभी कबूतर तो कभी चिड़िया बने
साँसें पानी की तरह पत्थरों से टकरा जाए।

सूर्य किरणों से दीवार पे सफ़ेदी करते जाए
इक पाँव मेरा कालिया पे मर्दन करता जाए।

माना कि ख़ामोशी और मदहोशी लाए बेहोशी
दिल रातों को तेरी दरियाई आँखों में डूबा जाए।

देखो रे तेरी सूरत देखे बग़ैर मुझे चैन कहाँ आए
शजरों पे एक पत्ता न हिले लगे तार टूटा जाए।

मेरे मिराक़ में ज़मीं बर्फ़ की शाल में मुंह छिपाए
तेरे फ़िराक में मेरी आँखों से लहू बरसा जाए।

बज़्म-ए-जानाँ में अगर कोई ग़ज़ल कही जाए
तो लगे जैसे मेरी रूह में कोई दीया जलता जाए।

शब्दार्थ:–

मर्दन:–मलना, रगड़ना, कुचलना, रौंदना,
मर्दन करनेवाला, कुचलनेवाला
(जैसे—अहि मर्दन)।
मिराक़:–एक मर्ज़, जुनून, ख़ब्त, पागलपन
शजरों:– पेड़ों पर, वृक्षों पर
शाल:–एक ऊनी कामदार चादर

"औरों से बंदिश क्या करें"

नसीब में जो था ही नहीं फिर ख़्वाहिश क्या करें
हबीब जो कभी बनके न रहे फिर काहिश क्या करें।

जिस ज़मीं-ए-दिल में कभी इश्क़ की बारिश न हुई
उससे दिल लगाने की और ज़्यादा कोशिश क्या करें।

मेरे लबों पे उसके नाम की सरस्वती बहती रहती थी
उससे और भी ज़्यादा मुहब्बत की नुमाईश क्या करें।

मैं उसको फूटी आँख भी नहीं भाता हूँ वो रहे ऐश में
उसको छुपके भी न देखे तो और साज़िश क्या करें।

वो गुज़रे जब गली से तो सारे मयखाने आँखें मींच ले
उसका बस चले आँखें नोच ले उससे रंजिश क्या करें।

कभी कमर के जलवे तो कभी ज़ुल्फों के स्याह बादल
भूकंप आ जाए गली में मददगार सिफ़ारिश क्या करें।

उसके जुनूँ में दिल-ए-सोज़ सफ़ेद बर्फ़ में सिकुड़े
उसने तो चाहत में मार दिया औरों से बंदिश क्या करें।

"चाहतों में शुमार मुसफ़्फ़ा ग़ज़ल"

कोरा काग़ज़ क्या है फ़क़त ख़ामोश भोला बादल है
ऐसा लगे जैसे आँखों में सदियों से खोया काजल है।

दुल्हन की गुज़ारिश है सिफ़ारिश तेरी होने की
मेरा साजन तो तपते सहराओं में सर का आँचल है।

आँखें करें इशारा लफ़्ज़ करें इश्क़-ए-नुमाइश
ये दिल भी कितना बेचैन है जैसे पूरा पागल है।

समंदर चले किनारों पे मगर तिश्नगी न मिटा पाए
मेरे दर्द का ज़र्फ़ तेरी आँखों में हल्का ओझल है।

तुम मेरे दिल में ऐसे उतरते हो जैसे पानी में चाँद
फिर चेहरे देखते रहो दिन-रात तू बच्चा कोमल है।

मैं तो पागल हूँ कुछ समझ नहीं मुझको क्या करूँ
तू तो कोई अफ़सरान-ए-दर्जा-ए पाया अव्वल है।

बोले तो लफ़्ज़ों से शीरीं-गुफ़्तगू में कोई बज़्म सजे
तू तो मेरी चाहतों में शुमार कोई मुसफ़्फ़ा ग़ज़ल है।

शब्दार्थ:–

ज़र्फ़ :–गुंजाइश, समाई, सहनशीलता, गंभीरता

अफ़सरान–ए–दर्जा–ए:– अफ़सरों जैसा दर्जा

शीरीं-गुफ़्तगू:– मीठी मीठी बातें, मीठे बोल, मधुर बातें

मुसफ़्फ़ा:– शुद्ध, पाक, पवित्र, साफ़, उज्ज्वल

"जो मिल गया सो मिल गया"

जो मिल गया सो मिल गया अब तो दिल में ख़्वाब सजा लीजिए
ले के मुझे बाँहों में तुम यूँ आँखों में क़दह-ए-शराब बना लीजिए

कहते है जोड़े आसमान में बनते है हमने तो कभी सोचा नहीं
ये बात है तो कच्चे डोर में बाँधके मुहब्बत के बाब आ चलिए

इश्क़ में जुर्म कर बैठे कोई बात नहीं इश्क़ की तामीर की जाए
अब पीछे भी क्या हटना आप फ़र्द–ए–हिसाब सुना दीजिए

हाए! नाक पे गुस्सा फिर भी बड़े शौक़–हसीं लगते हो तुम तो
हमने तो होंठों पे लिया नाम तुम्हारा चलो इताब बना लीजिए

ख़्यालों को ज़ेहन में रखते हैं छोटे से दिल में अरमान बड़े रखते है
सुनो मीठे मीठे सवालों का मज़ा अपने ही हिसाब का लीजिए

हल्की हल्की बारिश की बूंदें मेरे गालों पे क्या पड़ने लगी कि जैसे
फ़िज़ा साजिशें करनी लगी बहाके ले जाने को सैलाब बना दीजिए

आ बैठ मेरे सम्त काली नज़रों से नज़र उतारूँ स्याह बादल हटाऊँ
बन जाऊँ सर पे आँचल सहराओं की गर्मी में बर्फ़ाब मीठा पीजिए

शब्दार्थ:–

इताब:–क्रोध, गुस्सा, सख़्त होना

"तू मेरी रोटी है"

तू मेरी रोटी है जिसको देख के मन तृप्त होते है
तू मेरी फिज़ा है जिससे साँसों में अमृत घुलते है।

तू मेरी दुआ है जिसका नाम लेने से ग़म भागते है
मुझे दवा की क्या ज़रूरत मेरे तो ख़ुद सनम आते है।

मैं तेरी चाँदनी हूँ मेरी रातों के साए तेरे पाँव दबाए
तेरे शहर की वीरानी को लफ़्ज़ मेरे कर भस्म जाते है।

मेरी ज़ुल्फे काली नागिन बनके चंदन से लिपट जाए
तू तो चंदन है जिनसे काले बादल सुर्ख़ जिस्म पाते है।

जो पूछता है पूछती है क्यों ही 'उजलत करे बताने में
हम वो है जो दुनिया से आगे कोई चार–क़दम जाते है।

चाहती हूँ मैं तुम्हें इतना ज़मीं छोटी पड़ जाए इश्क़ में
चाँद तो पागल है वो अर्श से ज़मीं पे कहाँ जन्म पाते है?

मेरी ज़िंदगी में फ़क़त तू ही है मेरे हमनवा मेरे सोना
मेरी साँस तुझसे ही ज़िंदा है तुझसे ही नैना शर्म खाते है।

शब्दार्थः–

'उजलतः– शीघ्रता, आतुरता, जल्दी, जल्दबाज़ी, फुर्ती

“मुझे बना महबूबा दिया”

मेरी कबाओं पे सिलवटें होने से बदन उलझा हुआ
जब तुम आए इस्त्री बनके तो मुझे सुलझा दिया।

मैं तो कब से ज़ेर–ए–ज़मीं से निकली बंजर मिट्टी थी
तुमने इश्क़ से सब्ज़ करके मुझे बना महबूबा दिया।

मैं तो बिन तारीख़ों के दीवार पे टंगी ख़ाली कैलेंडर थी
तेरी वस्ल ने ब्याह की मुकम्मल तारीख़ से राब्ता किया।

मेरी नब्ज़ तेरे सूफ़ीयाना इश्क़ में डूब गई जब तेरी
यादों ने ज़ेहन में ख़्वाबों की तामीर को सच्चा किया।

याद भी आए तो ऐसे आए सादा पानी अमृत बन जाए
किसे हो भूख–प्यास की फ़िक्र जहाँ तेरा जलवा हुआ।

इश्क़ का नशा तो देखिए गली में चलते हुए मस्ती छाए
ऐसा लगे जैसे तेरी बाँहों में बाँहें डाल बन गुलिस्ताँ गया।

शब्दार्थः–

कबाओं:–शरीर के अंग

राब्ता:–मिलाना, संबंध होना

ज़ेर–ए–ज़मीं:–ज़मीं से निकलना

"ऑफिस में बैठे-बैठे"

ऑफिस में बैठे-बैठे ख़्याल-ए-लम्हात आया
तुम्हें संदेश भेजूँ तो तेरा रुमाल हाथ आया।

अरदली ज्यूँही पानी लेके आया ख़्याल तेरा आया
सोचा कहीं तू प्यासा न हो ये सोच एहतियात आया।

फाइलों पे हस्ताक्षर करते करते तेरा नाम लिखा गया
बाद में देखा ओह इस कलम में मेरी ही हयात आया।

जैसे ही पँखे को चालू किया ख़ुशबू तेरी उड़ के आई
सोच में पड़ गई दफ़्तर के लोग न बहके सवाल आया।

आज का दिन भी जैसे तैसे चैन से गुज़र गया रब्बा रे
जैसे ही स्कूटी पे बैठी सामने जैसे मेरा ससुराल आया।

घर आके दर्पण के आगे ख़ुद को देखा चश्में शर्माए
देखा पुनः छिपके तो ऐसा लगा जैसे महिवाल आया।

शब्दार्थ:-

अरदली:- चपड़ासी

एहतियात:-सोच-विचार या ध्यान

हयात:- जान, ज़िंदगी

“नफ़स बे–ख़बर”

मुझे कुछ अच्छा नहीं लग रहा मेरे रश्क–ए–क़मर
तेरे बुझे हुए चेहरे को देखके रोए ये दिल–ए–शहर।

तेरी आँखों से गिरती बूँद मेरे लबों को जलाए जाए
कलेज़ा बाहर निकले रूह तड़पे नफ़स बे–ख़बर।

अज़ब ज़ख़्म है कि मेरा चाँद ग़ज़ब कश्मकश में है
देखो न आँसूओं की लहर चल पड़ी बन गई नहर।

तेरे बिन ज़िंदगानी हराम है जहां न कोई आराम है
आइने में तेरी सीरत दिखे बिन तेरे ज़ीस्त बनी क़हर।

मेरे बदन की क़बाएँ ऐसे महक खो रही हो जैसे लगे
तेरी ख़ुशबू बिन मेरी साँसें तरसे जा रही हर पहर।

बोलो ना कुछ तेरे बिन मेरी रात साया बनती जाए
तेरे लबों को सुनने को कान तरसे मेरे लब बने ज़हर।

“लफ़्ज़ों की भाषा”

अपने तो अपने होते है जो बेफ़िकरी में वफ़ा करें
जो बैठ पास-ए-नफ़स में दिल से लफ़्ज़ों में रज़ा करें।

शीरीन सी बातें हो हिरणी सी आँखें हो हर कदम पे
ख़ुशी के इस इज़हार में शैदाई से ही बातें सदा करें।

क्या हिंदू क्या मुस्लिम सब तो आए है ख़ुदा के घर से
जो ठाने वतन पे शहीद होने की उसे कौन दग़ा करे।

जिसने शर्म के मारे मुंह छिपाए वो क्यों सामने आए
जो स्त्री ख़ुद उठा ले कटार तो जुर्रत है कोई जफ़ा करे।

अमन चैन शांति ये सब क्या है फ़क़त धर्म के चोले ओढ़े
ममता वहाँ उमड़े जहाँ दिलों में एक दूजे को न ख़फ़ा करें।

दिलों के अंधियारे तभी मिटे जब संप्रदाय की आँधी ढहे
मर्यादा–पुरुषोत्तम बनने के लिए वनों की ख़ाक दफ़ा करे।

लफ़्ज़ों में अमृत बरसे तो नफ़रत की बयार प्रेम को तरसे
शिक्षित समाज से ही नए भारत का निर्माण हो तो वज़ा करे।

सुर से वाणी निखरे मीरा से संगीत गूँजे रहीम से रहमत
जब मिल जाए दुनिया में प्रेम और जज़्बात साँसों से फ़ज़ा करें।

शब्दार्थः–

वज़ाः– रचना, बनावट

फ़ज़ाः– हवा, वातावरण, माहौल, मौसम

"अदा ही काफ़ी है"

किसी नए व्यक्ति से मुलाकात क्यों करें तेरा आईना ही काफ़ी है
किसी नए व्यक्ति से बात ही क्यों करें तेरा लहज़ा ही काफ़ी है।

आते है लोग मशविरा देने तो उनकी ज़कात ही क्यों करें
हो जब शैदाई ऐरों-गैरों से चाह क्यों करें फ़क़त वफ़ा ही काफ़ी है।

लबों से लब मिलाके वो मेरे गुलाब से अरक चुराए जाए है
जो ख़ुद ख़ुशबू हो गुलिस्ताँ में क्यों जाए उनका चेहरा ही काफ़ी है।

दिन-रात आहें भरने से तो अच्छा है दिलबर की बाँहों में सोए
वगरना रात के सायों की क्या औक़ात मेरा कहकशाँ ही काफ़ी है।

आँखों से जाम छलक जाए जब वो कुछ पल ओझल हो जाए
साहिल पे तिश्नगी क्यों मिटाए उनके समंदर से नैना ही काफ़ी है।

साया दीवार से जुदा हो जाए पर उनका दिल मुझमें धड़कता रहे
आए उनका नाम मेरे नाम से पहले फ़क़त ये रूतबा ही काफ़ी है।

बे-वजह क्यों ही झगड़े हम क्यों दुनिया को तमाशा दिखाए
वो मुझे जी भरके चश्मों में उतार ले उनकी ये अदा ही काफ़ी है।

"बुरा ख़्वाब"

मेरी सुरमई आँखों में ख़्वाब तेरे जवाब मांगने लगे
मुरझाए लबों के गुलाब हिसाब–किताब मांगने लगे।

हम थके हुए बदनों को पत्थरों में दफ़नाकर आए है
फिज़ाओं में बिखरे ये केश मुझसे ख़िज़ाब मांगने लगे।

तुम कौन सी फ़ेहरिस्त में रहने लगे 'अर्श झुकने लगे
हमने पूरी कर दी हसरत तुम किस की दाब मांगने लगे।

चले आओ मेरी दुनिया में मैं कब से तेरी राह देख रही
शाम ढलने लगे रात ये नक़ाब में हिजाब मांगने लगे।

देखो न शजरों पे खिले पत्ते आफ़ताब से घबरा गए है
और चाँद की शीतलता में ग़ुराब से ख़ुशाब मांगने लगे।

गुलों में बहार लापता हो जाए खुशबू बेरंग हो जाए
फूलों से बदन वस्ल में तिश्नगी–ए–आफ़ताब मांगने लगे।

क्या सितम है तेरी आवाज़ ग़ौर करने पे सुनाई देने लगी
हम कान खोले बैठे है दिल मुजाब में माहताब मांगने लगे।

ख़ैर वो मगर ये कोई हक़ीक़त नहीं ये तो बुरा ख़्वाब था
जानाँ सपने भी मुहब्बत के बाब में इंतिख़ाब मांगने लगे।

शब्दार्थ:–

ख़िज़ाब:– सफ़ेद बालों को काला या रंगीन करने की औषधि, बालों के रँगने का मसाला, बालों को रंगने के लिए पाउडर, मेहंदी, हेयर डाई, केशकल्प

ग़ुराब :–कौआ

ख़ुशाब:–शरबत

मुजाब:–जवाब दिया हुआ, उत्तरित, स्वीकृत

बाब:– दरबार

इंतिख़ाब:– प्रतिष्ठित होना, सम्मानित होना, श्रेष्ठ होना, चुना हुआ, (राजनीति) चुनाव, चयन, निर्वाचन, बहुतों में से थोड़ा-सा छाँट लेना, पसंद के अनुसार चुन लेना

"मेरे रश्क-ए-क़मर"

तन्हा होके सोचती हूँ तो फ़िज़ा में स्याह जुल्फ़ें बिखरती जाए
लोचती हूँ जैसे नन्ही मछली पानी के बहाव में निखरती जाए

देखो ना ज़मीं पे फैली है चाहुँ ओर हरियाली गुल भी हँस रहे है
मैं कब से तुम्हारी राह देख रही हूँ ओढ़नी मेरी सँवरती जाए

तुम्हें याद है अगले माह हमारी रस्म है हाए मैं चहकती जावाँ
मन मचला जाए चाह तुम्हारी लगन की मुझमें बढ़ती जाए

सारे ज़माने को पता चले जब हम जुफ़्त बनके बाज़ार चले
हाथों में हाथ हो कि साँस लेती फ़िज़ा भी जैसे जलती जाए

जब बैठे हो हम झील किनारे तो पंछी गाए कँवल मुस्कुराए
मैं तुम्हें देख के ग़ज़ल सुनाऊँ बज़्म–ए–जानाँ सजती जाए

अर्श की छाँव में चाँदनी बन जाऊँ फ़क़त तुझे देखती जाऊँ
सुरमई आँखों में डूबी रहूँ सारी रात बाँहों में गुजरती जाए

देखिए न ज़मीं पे सब्ज़ बर्फ़ पिघल रही है पायल है ख़ामोश
तू याद करे यहाँ हिचकियाँ भी ढोल रही रूह सिसकती जाए

सुनो मेरे चाँद के टुकड़े तेरी शहजादी यहाँ रूठी खड़ी है कब से
ओ मेरे रश्क-ए-क़मर तेरे बिन अधूरी हूँ तेरी कमी खलती जाए

शब्दार्थ:–

जुफ़्त:– मियाँ–बीवी

"चाँद किधर जाए"

मैं बिखर भी जाऊँ तो समेट झट लेना
मेरे चेहरे पे तेरा नाम है उसे रट लेना।

तेरे न होने से फूलों में खुश्की छाई है
अरसे बाद लबे–बाम पे उजली आई है।

तेरी चाप सुनाई दे सुनसान गलियों में
ख़ुशबू लौट आए दिल की कलियों में।

एक गली से चले तो गली गली हो लिए
तेरी गलियाँ आते ही हम तेरे वली हो लिए।

मैं भूल जाऊँ ख़ुद को तुझे याद करते हुए
तू चले कुमुद को छूके हाथों में हाथ लिए।

मैं सोचता हूँ जब आइने में सँवार होके
तू दिल से रूह में उतरे आर–पार होके।

तू वो नूर-ए-जाँ है जो 'अर्श में बिखर जाए
मस'अला तो चाँद का है चाँद किधर जाए।

शब्दार्थः–

वली:– (लफ़ज़न) नज़दीक, (तसव्वुफ़) अल्लाह का नेक बंदा,

वह मनुष्य जो ख़ुदा के क़रीब हो

कुमुद:– कँवल, नीलोफ़र

“बुरे ख़्वाबों को राह–ए–कफ़न करूँ”

तेरे चेहरे पे थोड़ी सी भी शिकन आए तो कैसे क़ुव्वत-ए-बर्दाश्त सहन करूँ
तू मेरी तबस्सुम है तेरे गालों पे छाए स्याह बादलों को फूँक मारके दफ़न करूँ।

एक तेरी ज़िद्द पे मैंने तुझको रोका नहीं लिखने को तुझे कभी मना नहीं किया
मैंने तेरे ही खिलाफ़ फ़ैसला ख़ुद ही ले लिया हाथ न मलूँ किसको अफ़न करूँ।

मैं करवट बदल बदल हाल–ए–दिल लिखता जाऊँ तेरे इश्क़ में चैन न आए
अब क्या समंदर को ख़ाली कर दूँ आँखों के शबिस्ताँ से कैसे सुखन करूँ?

बादल फट जाए कोहसार ढह जाए आबशार सूख जाए साहिल रूठ जाए
तेरे दर्द–ए–दिल की दवा हूँ मैं तो सहरा-ओ-दश्त-ओ-सर्व को समन करूँ।

तू मेरा चैन है मेरी हसरत है मेरी आरज़ूओं में तमन्ना है तू मेरी आदत है
तेरी मुहब्बत में टूट के ख़ुद को राहों में भी बिछा लूँ तो मैं न कोई थकन करूँ।

तेरी चाहतों के लिए चाँद को सिरहाने बाँध लूँ उससे चराग़ जलवाऊँ
इस मुहब्बत में तुझे ख़ुश रखने के लिए मैं माहे तमाम से हर जतन करूँ।

सुन ओ मेरी गुल-पोशी मेरे सब्ज़ दिल की गुल-ज़मीं तू ही तो है गुल-फ़िशाँ
मेरे चश्म–ए–नूर तेरी गुल-ए-चाँदनी में बुरे ख़्वाबों को राह–ए–कफ़न करूँ।

शब्दार्थः–

क़ुव्वत-ए-बर्दाश्त:–कष्ट या कड़वी बात सहने की शक्ति, सहन-शक्ति

अफ़न:–अक़्ल मार देना

शबिस्ताँ:–रात में रहने को स्थान, शयनागार, बादशाह के सोने का कमरा

सुखन:– बातचीत

गुल-पोशी:–फूलों से ढका होना

गुल-फ़िशाँ:–फूल बिखेरने वाला, फूल बरसाने वाला, (लाक्षणिक) मुंह से फूल बरसाने वाला, सुवक्ता, वाग्मिता

समन:–कीमत, मूल्य

"जान ही तुझमें बसती है"

क्या ग़ज़ब नींद आई मुझे तेरी नीम–शब आँखों में सो के
मैं बेपरवाह सोया तुझे ज़मीम के बीम को रातों में खो के।

उस ग़नीम की बस्ती में जाके दिल थोड़ा सहम गया था
किसी और का गुस्सा तुझपे फूट पड़ा था बातों में हो के।

तुझसे रूठ के जाए कहाँ लीवर किडनी दिल भी आहें भरे
तू मेरा दीया है जो लौ बनके ज़िंदा रखे बज़्मों में हो के।

जब तू ख़ामोश हुई तो ये दिल जलने लगा ऐसे जैसे जुगनूँ
तुझसे सुखन न होती घूटते रहते दिल के अश्कों में रो के।

गुस्से में कमीज़ का बटन टूट गया लगे जैसे ग़म लूट गया
तेरे पारस से हाथों ने छुआ मेरी रूह को जज़्बातों में हो के।

तू सुब्ह है जो एक इशारे से रातों के सायों को दूर भगाए
पूर्व से आफ़ताब भी रौशनी बिछाए तेरे पाँवों को धो के।

सुना था इश्क़ में लैला जैसे ख़्वाब मचलते है लेकिन मेरी तो
जान ही तुझमें बसती है रहती हो तुम मुझमें साँसों में हो के।

शब्दार्थः–

ज़मीम:–ख़राब

बीम:–डर

ग़नीम:– दूसरों का माल लूटने वाला व्यक्ति, डाकू, लुटेरा

सुखन:–बात

"सुंदरता"

मैं तेरी निगाहों से जहाँ तक देख सकूँ वहाँ तक सुंदरता है
तेरे दीदार से मेरी आँखें सब्ज़ होके जो भी पाए मधुरता है।

तेरे कू–ए–दिल के सिवा इस दुनिया में रक्खा ही क्या है?
मिट जाए हस्तियाँ डूब जाए कश्तियाँ फ़क़त तेरी महानता है।

मुझे तो चाँद–तारे सबसे प्यासे तेरे 'अक्स में समाए नज़र आए
मैं ज्यूँ ही पर्दा हटा दूँ तो तू मुझमें ऐसे जैसे कहकशाँ चमकता है।

हाए रे मेरे जलेबी! तू तो मेरी नस–नस में सदियों से बसा हुआ है
तेरा चाँद–सा मुखड़ा न दिखे तो आँखें तर हो जाए दिल दुखता है।

नवीदे सुब्ह से रेज़ा–रेज़ा फूँक रही हूँ तेरे हिज्र में शब तक
ये रात के साए खाने को आए तेरे फ़िराक में प्राण फूलता है।

तेरा सादगी से पेश आना क़ाबिल-ए-ता'रीफ़ है यही तो सुंदरता है
सर आँखों पे बैठाए सौ नख़रे उठाए मुझसे हो जाए कोई ख़ता है।

तू याद करे मेरे ज़ेहन में जो ख़्याल आए वोही तो सौंदर्य है
रातों को ख़्वाबों की तामीर से मुहब्बत बढ़े वोही सुंदरता है।

मेरी आँखों में बसा तेरा कोहिनूर सा चेहरा तीरगी मिटाए
मैं देखूँ जो आईना चेहरा तेरा बातें करके लाए शीतलता है।

जब से तुमसे वस्ल हुआ है संगमरमर-ए-ताज सुंदर लगता है
दरख़्तों के पत्ते तेरी याद में उमड़ के गीत गाए लाए चंचलता है।

सुना है मैं दुआ करूँ तो तेरे हाथ दवा बनके ख़ार को गुल करे
तेरी ख़ुशबू आना लगे जैसे साँसों में कोई हवा-ए-गुलिस्ताँ है।

"सहराओँ की गर्मी में बर्फ़ाब मीठा पीजिए"

जो मिल गया सो मिल गया अब तो दिल में ख़्वाब सजा लीजिए
ले के मुझे बाँहों में तुम यूँ आँखों में क़दह-ए-शराब बना लीजिए।

कहते है जोड़े आसमान में बनते है हमने तो कभी सोचा नहीं
ये बात है तो कच्चे डोर में बाँधके मुहब्बत के बाब आ चलिए।

इश्क़ में जुर्म कर बैठे कोई बात नहीं इश्क़ की तामीर की जाए
अब पीछे भी क्या हटना आप फ़र्द-ए-हिसाब सुना दीजिए।

हाए! नाक पे गुस्सा फिर भी बड़े शौक़-हसीं लगते हो तुम तो
हमने तो होंठों पे लिया नाम तुम्हारा चलो इताब बना लीजिए।

ख़्यालों को ज़ेहन में रखते हैं छोटे से दिल में अरमान बड़े रखते है
सुनो मीठे मीठे सवालों का मज़ा अपने ही हिसाब का लीजिए।

हल्की हल्की बारिश की बूंदें मेरे गालों पे क्या पड़ने लगी कि जैसे
फ़िज़ा साजिशें करनी लगी बहाके ले जाने को सैलाब बना दीजिए।

आ बैठ मेरे सम्त काली नज़रों से नज़र उतारूँ स्याह बादल हटाऊँ
बन जाऊँ सर पे आँचल सहराओँ की गर्मी में बर्फ़ाब मीठा पीजिए।

“मेरी मुस्कुराहट की वजह कोई पूछे तो तेरी बातें हैं”

मेरी मुस्कुराहट की वजह कोई पूछे तो तेरी बातें है
मेरे जीने की वजहें कोई पूछे तो तेरी मुलाकातें है।

सोते हुए तेरी साँसें मुझमें आब–ए–हैवाँ की तरह उतरे
ऐसा लगे ज्यूँ किनारों को चूमने समंदर दूर से आते हैं।

एक सुब्ह को जोइंदा चश्मा-ए-सीमाब भटके अंधेरों में
बेचैन दिल चश्मा-ए-क़ंद में डूब गया जाँ लफ़्ज़ गाते है।

इस दिल का तो पता नहीं जो तेरी आँखों में डूबा हुआ है
तेरे दिलकशी ख़्वाब सपनों में मस्ती करते नज़र आते है।

तू मेरी रूह को ख़ुशबू देता वो गुलाब है जो सदा सब्ज़ रखे
फूलों से कौन मतलब रखे फ़क़त तेरे लबों से ख़ुशबू पाते है।

नाज़नीन साथ है तो क्या फ़र्क पड़ता है रास्तें छोटे या बड़े
आज ही कल से पड़े रास्तों के ख़ार फूलों में महक जाते है।

शब्दार्थ:–

आब–ए–हैवाँ:–अमृत

जोइंदा:– ढूंढ़नेवाला, तलाश करनेवाला, खोजी,

जिज्ञासु

चश्मा-ए-सीमाब:–सूर्य, सूरज

चश्मा-ए-क़ंद:–प्रेमिका का मुख

"गली रो पड़ी"

तू रक्त बूंद है मेरी जिससे मेरी साँस चले
तू भक्त शुद्ध है मेरी जिससे मेरी आस बढ़े।

मैं तो कोई भगवान नहीं फिर भी तू मुझे पूजे
बिन माँगे तू जो भी चाहे पाँव में तेरे कूचे गूँजे।

सुनो! चलते-चलते तेरे ही ख़्याल शरारत करें
दिल-ए-नादाँ तेरी आसाइश पाके मुहब्बत करे।

वो दरख़्त सब्ज़ हो जाते है जहाँ तेरे पाँव पड़े
सूखे खेतों में भी तैराई हो जाती है मेरे गाँव में।

मोर पंख फैलाके रक़्स करें शोर आसमाँ में गूँजे
कोइली तेरे आने की ख़ुशी में कंठ में नीर भरे।

जो भी तेरे संग बात करे वो बस ख़्यालों में खोए
वो भूल जाए ख़ुद को कि ख़ुदा तुझमें नज़र आए।

आज फिर तेरी याद बहुत आई बस पूछो न क्यों
हमने ख़ुद को थामा तो गली रो पड़ी जो देखा यों।

शब्दार्थ:–

आसाइश:– सुख, चैन, आराम

रक़्स :– नृत्य, नाच

दरख़्त:– पेड़

"कोई चाँद गुज़र जाए"

कोई चाँद गुज़र जाए तो कहे पागल है
बाम–ए–फ़लक पे सहर हो लगे काजल है।

कांटें फूलों में बदले तो कहे गुलिस्ताँ है
रात दिन याद करे तो लगे गुज़िश्ता है।

जब मिट्टी उड़के आए तो कहे ख़ुशबू है
जब आँख से आँसू गिरे तो लगे लहू है।

हम तो हर ज़ख़्म सीने में दबाए फिरते है
तेरे पाँवों की ख़ुशबू में कबाएँ चीरते है।

कितने भी दूर चले जाए लौट के आयेंगे पास
आस कब ख़ास बने राज़ बन जायेंगे इतिहास।

जो रात–दिन कोई आहें भरे तो कैसे जिए
जो लब सूख जाए तो बताओ पानी कैसे भरे।

जब धरती पे पाँव धरे तो चक्कर आते है
आँखों में कैसे देखे हम तो उनमें डूब जाते है।

"मेरे चश्म–ए–नूर"

तेरे चेहरे पे थोड़ी सी भी शिकन आए तो कैसे क़ुव्वत-ए-
बर्दाश्त सहन करूँ
तू मेरी तबस्सुम है तेरे गालों पे छाए स्याह बादलों को फूँक
मारके दफ़न करूँ।

एक तेरी ज़िद्द पे मैंने तुझको रोका नहीं लिखने को तुझे कभी
मना नहीं किया
मैंने तेरे ही खिलाफ़ फ़ैसला ख़ुद ही ले लिया हाथ न मलूँ
किसको अफ़न करूँ।

मैं करवट बदल बदल हाल–ए–दिल लिखता जाऊँ तेरे इश्क़
में चैन न आए
अब क्या समंदर को ख़ाली कर दूँ आँखों के शबिस्ताँ से कैसे
सुखन करूँ?

बादल फट जाए कोहसार ढह जाए आबशार सूख जाए
साहिल रूठ जाए
तेरे दर्द–ए–दिल की दवा हूँ मैं तो सहरा-ओ-दश्त-ओ-सर्व
को समन करूँ।

तू मेरा चैन है मेरी हसरत है मेरी आरज़ूओं में तमन्ना है तू मेरी आदत है
तेरी मुहब्बत में टूट के ख़ुद को राहों में भी बिछा लूँ तो मैं न कोई थकन करूँ।

तेरी चाहतों के लिए चाँद को सिरहाने बाँध लूँ उससे चराग़ जलवाऊँ
इस मुहब्बत में तुझे ख़ुश रखने के लिए मैं माहे तमाम से हर जतन करूँ।

सुन ओ मेरी गुल-पोशी मेरे सब्ज़ दिल की गुल-ज़मीं तू ही तो है गुल-फ़िशाँ
मेरे चश्म–ए–नूर तेरी गुल-ए-चाँदनी में बुरे ख़्वाबों को राह–ए–कफ़न करूँ।

शब्दार्थ:–

क़ुव्वत-ए-बर्दाश्त:–कष्ट या कड़वी बात सहने की शक्ति, सहन-शक्ति

अफ़न:–अक़्ल मार देना

शबिस्ताँ:–रात में रहने को स्थान, शयनागार, बादशाह के सोने का कमरा

सुखन:– बातचीत

गुल-पोशी:–फूलों से ढका होना

गुल-फ़िशाँ:–फूल बिखेरने वाला, फूल बरसाने वाला, (लाक्षणिक) मुंह से फूल बरसाने वाला, सुवक्ता, वाग्मिता

समन:–कीमत, मूल्य

“मह–जबीं”

मैं धूप हूँ जो तेरी सर्द रातों में ज़र्द पलकों पे अलकों से छाँव गिराऊँ
मैं हूर हूँ जो तेरी शुष्क रूह में तैराई करके शैदाई से नाँव सजाऊँ।

तेरे दिल की मह-जबीं बनके आँखों में गुल-अफ़्शाँ सी महक जाऊँ
मन्नत ऐसी जन्नत सी सुबह हो सहर सी शाम हो ऐसा गाँव बसाऊँ।

चाहे तपते सहराओं में पाँव जले चाहे आँव गले में अटकी जाए
तू तो मेरा नसीब है रे! तुझे पाने के लिए मैं कोई भी दाँव लगाऊँ।

मैं तेरे लबों की पुर-कशिश हूँ तेरे सारे ज़ख्म सीने पे सह जाऊँ
जो भी काँटे तेरे रास्ते में आए वहाँ ख़ुद को बिछाके पाँव जलाऊँ।

सनसनाती फिज़ा में बदन कांप जाए कोयल जब अमृत पिए गाए
जब भी तुम्हारे क़दम पड़े मेरे कूचे में आहट पाके खड़ांव बिछाऊँ।

जुगनूँ बनके तेरे शबिस्ताँ में टिमटिमाऊँ ताकि तुम्हें मसोसा न हो
मैं बन जाऊँ तेरे ख़्वाबों की हीर हकीकताई का पोलाव खिलाऊँ।

हाए रे मेरे चश्म-ए-बुलबुल तेरी आँखों की जाज़बियत पे वारी जाऊँ
लेके तुझे प्यार से बाँहों में कानों में लोरियाँ सुनाऊँ तनाव भगाऊँ।

शब्दार्थ:–

अलक:– जुल्फ़ें, लट, सिर से लटकते बाल

नाँव:– नाम

मह-जबीं:– चाँद की सी रोशन पेशानी वाला, हसीन, सुंदर, प्रेमिका

गुल-अफ़शाँ:– (शाब्दिक) फूल बरसाने वाला, जिससे फूल झड़ते हैं, पुष्प-वर्षक

शबिस्ताँ:–रात में रहने को स्थान, शयनागार, बादशाह के सोने का कमरा

मसोसा:–मन में होने वाला दुःख या रंज

"महताब"

मैं छाँव हूँ जो तेरे गर्म दिनों को अपनी बीनाई से बर्फ़ाब बनाऊँ
मैं फ़रिश्ता हूँ जो तेरे बदन पे पड़ी पसीने की बूंदों में आब पाऊँ।

ओ मेरी मह-जबीं तुझे अपने सीने में गुलाब की तरह रखूं
तुझे शहर की चकाचौंध से दूर अपने दिल में महताब बनाऊँ।

तू तो मेरी प्यास है और तपते सहराओं में मेरे सर पे आंचल है
तू मेरी ज़िंदगी है नसीब-ए-गुलिस्तां में खिलता गुलाब सजाऊँ।

तेरे लबों से आब-ए-हैवां के जाम पी जाऊं ज़ख़्म ख़ैर मांगे
तेरे पाँव मेरे लिए शीशमहल है धूल न लगे कोई हिज़ाब बिछाऊँ।

तेरी आवाज़ की तो कोयल भी दीवानी है फ़िज़ा मस्त बहे जाए
तेरे कू-ए-दिल में जब मेरी दस्तक हो तुझे सारे ज़वाब सुनाऊं।

मेरे शबिस्ताँ के द्वार तो तेरे दिल की दहलीज़ पे जाके खुलते है
तेरे हाथों से बने पोलाव को खाकर मैं सब्र-ओ-ताब दिखाऊं।

अल्लाह रे! क्या बताऊं तेरी इस मासूमियत पे मैं सदके जावां
सुन! मैं तेरे लफ़्ज़ों की धुन हूँ इश्क़ में एक जागता ख़्वाब बनाऊं।

"चाँद तो पागल है"

तू मेरी रोटी है जिसको देख के मन तृप्त होते है
तू मेरी फिज़ा है जिससे साँसों में अमृत घुलते है।

तू मेरी दुआ है जिसका नाम लेने से ग़म भागते है
मुझे दवा की क्या ज़रूरत मेरे तो ख़ुद सनम आते है।

मैं तेरी चाँदनी हूँ मेरी रातों के साए तेरे पाँव दबाए
तेरे शहर की वीरानी को लफ़्ज़ मेरे कर भस्म जाते है।

मेरी ज़ुल्फे काली नागिन बनके चंदन से लिपट जाए
तू तो चंदन है जिनसे काले बादल सुर्ख़ जिस्म पाते है।

जो पूछता है पूछती है क्यों ही 'उजलत करे बताने में
हम वो है जो दुनिया से आगे कोई चार–क़दम जाते है।

चाहती हूँ मैं तुम्हें इतना ज़मीं छोटी पड़ जाए इश्क़ में
चाँद तो पागल है वो अर्श से ज़मीं पे कहाँ जन्म पाते है?

मेरी ज़िंदगी में फ़क़त तू ही है मेरे हमनवा मेरे सोना
मेरी साँस तुझसे ही ज़िंदा है तुझसे ही नैना शर्म खाते है।

“इश्क़ का नशा”

मेरी कबाओं पे सिलवटें होने से बदन उलझा हुआ
जब तुम आए इस्त्री बनके तो मुझे सुलझा दिया।

मैं तो कब से ज़ेर–ए–ज़मीं से निकली बंजर मिट्टी थी
तुमने इश्क़ से सब्ज़ करके मुझे बना महबूबा दिया।

मैं तो बिन तारीख़ों के दीवार पे टंगी ख़ाली कैलेंडर थी
तेरी वस्ल ने ब्याह की मुकम्मल तारीख़ से राब्ता किया।

मेरी नब्ज़ तेरे सूफ़ीयाना इश्क़ में डूब गई जब तेरी
यादों ने ज़ेहन में ख़्वाबों की तामीर को सच्चा किया।

याद भी आए तो ऐसे आए सादा पानी अमृत बन जाए
किसे हो भूख–प्यास की फ़िक्र जहाँ तेरा जलवा हुआ।

इश्क़ का नशा तो देखिए गली में चलते हुए मस्ती छाए
ऐसा लगे जैसे तेरी बाँहों में बाँहें डाल बन गुलिस्ताँ गया।

"शराब बनाम निकाह"

तेरे नाज़ूकी से लबों की कसम शराब छोड़ दी मैंने
रातों की सुर्ख़ चश्मगी के ज़ाम थे ख़राब छोड़ दी मैंने।

रातों के खद्योत दरख़्तों पे सोए पंछियों को जगाए
तेरी बिखरी ज़ुल्फ़ों में साया बनके इज़्तिराब छोड़ दी मैंने।

यूँ तो तेरे फ़िराक में दर्द जाग उठता है सीने में
जब से तेरा मकाँ बना है दिल में पेच–ओ–ताब छोड़ दी मैंने।

हम हाथों में यूँही ज़ाम–ए–जम लेके लहराया करते थे
लेकिन जब से तुमसे निकाह हुआ शराब छोड़ दी मैंने।

तेरी आहट सहर में ताज़गी लाके धूप सजाए हाथों में
पल्लवों पे सजी ओस भी बने गौहर बे–ताब ये शजर जाए

तिशनगी में किसने प्यास बुझाई जैसे आग लगा गया दिल में
मेरे दिल से टपकते पानी में झाग तेरे लहू की बहर जाए

इश्तिहार ज़िंदगी बनी अख़बारों में सुर्ख़ियाँ नज़र आए
तू मेरी तस्वीर है जो पानी में चाँद का अक्स लिए ज़फ़र जाए

शब्दार्थ:–

खद्योत:– जुगनूँ

पेच–ओ–ताब:– चिंता, बेचैनी, फ़िक्र

पल्लवों :– पत्ते

गौहर:– मोती

“मैं जहान भी देखूँ”

मैं जहान भी देखूँ फ़क़त तेरे आईनों से देखूँ
मैं जहाँ भी जाऊँ फ़क़त तेरे हवालों से रहूँ।

रात को दिन दिन को रात चाँद को माँद सोचूँ
इधर–उधर जो भी जाए तेरे फ़ासलों से देखूँ।

मेरा दिल तो तुझमें है तेरे कू–ए–दिल में धडकूँ
जानाँ तुझे छोड़ क्यों कोई और रास्तों से देखूँ।

चाहे गुलिस्ताँ को आग लगे काँटों में ज़ख़्म चुबे
मैं ख़ुशबू बिखेरता हुआ तुझे हवाओं में सोचूँ।

अपने फूलों से बदन को तेरे रास्तों में बिखेर दूँ
तू कहे ख़ुद को तेरे नक़्श–ए–पाँवों में बिछाऊँ।

जानाँ अपनी पलकों से तेरा नाम चाँद पे सजाऊँ
दिल पे नाम लिख के हर्फ़–ए–दुआओं में सोचूँ।

शब्दार्थः–

माँदः– फीका, कुरूप, मद्धम, चमक खो जाना

रहा हुआ, बचा हुआ।

"टूटे हुए दिलों को मयकदों का सहारा चाहिए"

टूटे हुए दिलों को मयकदों का सहारा चाहिए
मुझे तो फ़क़त रहनुमाओं का किनारा चाहिए।

दुनिया की क्या हस्ती तू कर दे दुनिया एक तरफ़
दुनिया एक तरफ़ तेरे फ़ैसलों का इशारा चाहिए।

जहाँ सच की जीत होती है वहाँ जहन्नम तड़पती है
ख़ार क्या करेंगे मुझे रास्तों का सर–ए–दारा चाहिए।

जैसे मग़रिब को मशरिक़ का सहारा वैसे तू हमारा
ज़मीं ज़ेर-ओ-ज़बर हो मुझे ग़मों का उभारा चाहिए।

भूल के भी आईनों में देखूँ तो नज़र तुम्हारी चाहिए
एक ही ख़्वाहिश तेरी ही अदाओं का नज़ारा चाहिए।

सर पे कफ़न बाँध के जब तू निकले फिसले यूँ दिल
सहरा दस्त करे तेरे ही क़ाफ़िलों का सितारा चाहिए।

कौन किसे मात दे तू बस मेरे हाथों में अपना हाथ दे
मुझे तो तेरी ही पनाह में सिलसिलों का यारा चाहिए।

शब्दार्थ:–

ख़ार:– काँटादार, फाँसदार, पौधों, पेड़ों और झाड़ियों पर निकली हुई नुकीली और बारीक काँटा

मग़रिब:– सूरज डूबने का वक़्त, शाम, पश्चिम

मशरिक़:– सूर्योदय, सूरज निकलने का समय, पूर्व

ज़ेर-ओ-ज़बर:– उलट पुलट होना, ऊपर नीचे हो जाना, उथल–पुथल

दस्त:– कूद के देखना

"मेरे बदन पे साँप लिपट रहे हैं"

मेरे बदन पे साँप लिपट रहे हैं ऐसे जैसे आँच में तप रहे हैं
ज़रा इश्क़ में इम्तिहान तो देखिए जैसे साँच में खप रहे हैं।

गुलिस्ताँ में खिले गुलाब तो मेरे महबूब के लबों से जलते हैं
मेरे ज़बीं-ए-नियाज़ चूमे उनके कदमों को याँच में जप रहे हैं।

कभी हक़ीक़त में जी रहे हैं कभी हम ख़्वाबों में मिल रहे हैं
ए दोस्त! हम इश्क़–ए–रवाँ की किताबी बाँच में तिरप रहे हैं।

उसके इशारे रिमोट की तरह काम करें मेरे दिल पे राज़ करें
यूँ इल्ज़ाम लगे तो लगे क्या फ़र्क पड़े नैना जाँच में चप रहे हैं।

लोग एक दूजे को हड़प रहे हैं झड़प रहे हैं बिटप खिल रहे हैं
इश्क़ में ये कोहिनूर जैसे चाँद–रूपी काँच में तड़प रहे हैं।

देखिए रिश्तें रस्में हैं तो गहने सजते हैं सँवरते हैं मुस्कुराते हैं
सुनो हम तो तुम्हें दिल की गहराईओं की फाँच में गड़प रहे हैं।

शब्दार्थ:–

खप:–खंडित

ज़बीं-ए-नियाज़ :– विनम्रतापूर्वक झुकने वाली पेशानी

याँच:– यहीं, यहाँ ही

बाँच :–पढ़ना

तिरप:– (संगीत) एक प्रकार की गमक जिसमें कई बीट्स द्वारा राग उत्पन्न होता है, थिरकना

चप:– पाँव की आवाज़, चाप

बिटप:– वृक्ष की नई शाख़, कोपल, शाख़

फाँच:–दरवाज़ा, फाटक

गड़प:– जल्दी से मुलायम चीज़ में घुस जाने की आवाज़, गुड़ुप

"ज़िंदगी में सब तरफ़ से जब धोखा मिलता है"

ज़िंदगी में सब तरफ़ से जब धोखा मिलता है
दुनिया में लोगों को हँसने का मौका मिलता है।

आप कितना भी इश्क़ में डूब के देख लीजिए
हिज्र में तो दर्द का लेखा-जोखा मिलता है।

कितना भी इंतज़ार कर लूँ दरीचों से झाँक के
उसे इश्क़ में ज़ख़्म देना तो बस पेशा लगता है।

किसी की बीनाई जिसका तसव्वुर बन जाए
फूलों को तकना जैसे आँखों का धोखा लगता है।

अब कितना सँभाल के रखूँ मैं ख़ुद को जहाँ में
इन ख़लाओं में दिल भी टूटा हुआ शीशा लगता है।

"मिलन अभी आधा-अधूरा है"

जब वो रूठकर चला जाता है तो मुझे मनाना आता है
जब से मिला है बिछड़न का मत पूछे सताना आता है।

उसका मिलना भी जैसे बारिश ले आए सूरज क्या करे
जब प्यार बेशुमार हो तो मौसम का उमड़ना आता है।

आँखों में समंदर सा बहे जब एक दिन भी देर हो जाए
उसे आँखों से फ़सल-ए-बहार को सब्ज़ करना आता है।

उसके साथ में रहने से मेरे ख़्वाब हक़ीक़त से लगते है
बसर दुनिया नज़र आती है उसे बहाल करना आता है।

साँसों में फिज़ा दौड़ती है संग हाथ लिए जब वो चलते है
मानो दिल धड़क सा जाता है यादों का टहलना आता है।

बैठे हो जब झील के किनारे खतों की रूमानियत बोले
याद कर कर के वो पल बस हंसी का ठहकना आता है।

जब साथ होते है तो कुछ दूरी तय करते है बातें करके
मुस्कुराहट वजह बनती है तो मेरा इठलाना आता है।

हम जिसे सच्चे मन से चाहते है वो हमारे साथ रहते है
जब मिल जाए दोनों तो दुनिया का ठौर-ठिकाना आता है।

"मुहब्बत"

दो दिल जब प्यार में पड़ जाते हैं तो क़यामत हो जाती है
ज़लील करती है दुनिया ज़िंदगी बेमसाफ़त हो जाती है।

वो डूब जाते हैं एक दूजे की आँखों में जैसे सिप में गौहर
जब कोई दुश्मन डाले जाल ज़िंदगी से शिकायत हो जाती है।

उनका मिलन एक जिस्म दो जान होता है जैसे शिव-पार्वती
फिर तो समंदर ऐंव दरियायों में गंगा भी सलामत हो जाती है।

बहकावा तो ऐसी चीज़ होती है जो पत्थर को भी फाड़ दे
कोई असर नहीं झूठों का सच्चे इश्क़ में इबादत होती है।

जो ख़्वाब बुन लिए जाते है हक़ीक़त में वोही रंग लाते है
जहाँ हो चाहतों का समंदर वहाँ तूफ़ानों में बगावत होती है।

ये वो दीवाने है जो चलते-चलते आँखों से समंदर पी जाते है
इश्क़ में जो पड़ जाए एक बार फिर हर बार मुहब्बत होती है।

फिज़ाओं में संगीत बजते है आसमाँ से फूलों की बरसात
फिर हर कोई अमृत को कंठ में भरे जहाँ सदाकत होती है।

ये वो तोता मैना है जो रात को सोते है दिन में बेचैन होते है
एक दूजे में ऐसे खो जाए जहाँ पर न कोई जमानत होती है।

शब्दार्थ:-

बेमसाफ़त:-सफ़र न होना

"पैसा बोलता है"

क्या बताए तुमको सैंया, जब से देखा रुपया दिल हो गया बदतमीज़
ख़्वाब बसाके आँखों में डूबा कोई, मेरा दिल इश्क़ में हुआ मरीज़।

क्यों माँ की आँखों में हबाब फूटे सम्त पिता के अरमान ज़मीं में डूबे?
उसकी रईसी और पैसे में खो के मेरा दिल तो हो गया जैसे लज़ीज़।

हाए रे! उसकी सोने सी लारी ने तो मेरे गुलाबी लब ही सील दिए
वक़्त को मुट्ठी में करके आब-ए-हैवाँ से रुखसार उस ओर हज़ीज़।

दान में क्या रखा है हमने तो यहाँ अपनी जान ही उनके हवाले की है
इश्क़ का बढ़ा लिया सिलसिला दम जाएगा मेरा अब उनकी देहलीज़।

उसके इश्क़ में खोना जैसे पाकीज़ा साया हो दर–ओ–दीवार में जीना
मेरी साँसें उसकी आह से चलती है सहरा से उड़ के रेत बनी कनीज़।

इश्क़ होना भी जैसे घर का होना है ज़रूरी तामीर हुई मुहब्बत पैसे से
रिश्तों में मिठास आए तो पैसे से भाए गाए नहाए और आए तमीज़।

शब्दार्थ:–

हज़ीज़:–सौभाग्यशाली; प्रसन्न, ख़ुशनसीब, ख़ुश, साहब-ए-दौलत

"मेरे नीम-शब नैना"

मेरे नीम-शब नैना कब से ख़्वाबों में ज़बाँ हो रहे हैं
उन्हीं के ख़्यालों में डूब के दिन के पासबाँ हो रहे हैं।

ठंडी फिज़ाओं में उनके बदन की ख़ुशबू आ रही है
ऐसा लग रहा है मोहब्बत के नशे में जवाँ हो रहे है।

बारिश हो रही है और आफ़ताब ने बादल ओढ़ रखे है
हम ऐसे लिपट रहे है जैसे एक ही कबा़ हो रहे हैं।

ज़मीं से फ़लक तक फ़क़त हमारे ही इश्क़ के चर्चे है
जब ले दोनों साँस तो लगे जैसे 'उम्र-ए-जाविदाँ हो रहे हैं।

नज़ाकत ये है कि उनके मुखड़े पे चराग़ रौशन हो रहे है
मेरी ख़िज़ाँ में उनके क़दम गुलिस्ताँ के इम्तिहाँ हो रहे हैं।

ए सनम! अबकी बार हम ऐसे खो जाए एक दूजे के अंदर कि
जैसे धरती-आसमाँ मिले तो ऐसे लगे जैसे हम रवाँ हो रहे हैं।

उनके लौट आने की खुशी में आँगन में आँखें बिछा दी गई हैं
मेरे नफ़स उनकी बीनाई में कब से राह-गुज़र रवाँ-दवाँ हो रहे है।

आ भी जाओ मेरे ख़ुशबू-ए-नफ़स मैं पी लूँ नग़मा-ए-जरस
मर भी नहीं सकते जब से मर गए तुम पे चश्म-ए-जहाँ हो रहे है।

शब्दार्थ:–

पासबाँ:–चौकीदार, प्रहरी, रक्षक, रखवाला

'उम्र-ए-जाविदाँ:–अमरता, हमेशा रहने वाली ज़िंदगी, कभी न ख़त्म होने वाली उम्र

ख़िज़ाँ:– पतझड़, ख़रीफ़, उजड़ना, जाड़े का मौसम

नफ़स:– प्राण

रवाँ–दवाँ:– तेज़–तेज़, मुनासिब, व्याकुल

ख़ुशबू–ए–नफ़स:– साँसों की ख़ुशबू

नग़मा–ए–जरस:– प्रेम गीत

चश्म–ए–जहाँ:– दुनिया की नज़र

“घायल है एक परिंदा मगर ज़िंदा हूँ मैं”

देखो घायल है एक परिंदा मगर ज़िंदा हूँ मैं
मौज़ों में क्या ढूँढ रहा दरिंदा इधर ज़िंदा हूँ मैं।

तेरी तिशनगी में चाहत तो भूख में इश्क़ हूँ
तेरी नीली आँखों से पीके समंदर दरिया हूँ मैं।

सिगरेट के छल्ले बादल बनके मँडरा रहे है
तेज़ बारिशों में लबों पे तैरकर मसीहा हूँ मैं।

मेरे लब–ए–नाज़ूक तेरे गुलाबी गालों से तर है
उधर सूरज नाराज़ है कब से जलकर ठंडा हूँ मैं।

जान पे खेलकर जान तेरी बन गए है हम तो
ज़माने से क्या डर तूफ़ानों में खेलकर पैदा हूँ मैं।

पानी में कितनी कशिश है तेरी सूरत नज़र आए
तेरी नब्ज़ से दिल में चाँद बनकर नक़्शा हूँ मैं।

मुझे देखले जी भरके मैं नस नस में हर्फ़ जैसा हूँ
जितना भी पढ़ोगे दिल में उतकर कलमा हूँ मैं।

अब क्या बताऊँ क्या यही सब काफ़ी नहीं है
आँधियों में भी जलकर वहाँ निरंतर दीवा हूँ मैं।

शब्दार्थ:–

दीवा :–दीपक, दीया

"कोई नहीं समझता"

जब दर्द होता है   किसी सीने में   तो दिल को कोई नहीं समझता
जब ज़ख्म मिले गहरा तो संग–दिल को कोई नहीं समझता।

कितनी ही तवील रातें गुज़र जाती है आसुदगी–ए–वस्ल के बाद
सुब्ह को हिज्र में तड़पते दिल–ए–मुश्तइल को कोई नहीं समझता।

यहाँ मिल तो जाती है काँटों से भरी तन्हाई में ग़मों की सौग़ात
मगर घूटन से भरे फ़िराक में मुत्तसिल को कोई नहीं समझता।

तुम कितनी भी अच्छाइयाँ कर लो बुराई लौट के आ ही जाती है
चारासाज़ कितनी भी दवा कर ले मुंदमिल को कोई नहीं समझता।

आसमान से गिरे उल्का पिंडों से चाहे कितना भी बचा लो खुद को
चाँद पे मकाँ बना लेने के बाद मुस्तक़िल को कोई नहीं समझता।

जब पड़ जाए पाँव में छाले तो भीड़ में किसकी शबाहत ढूँढने चले
कितना भी ग़ौर से चेहरा देख लो मुंफ़सिल को कोई नहीं समझता।

ख़ैर ये तो ज़माने की रीत रही है ग़म में हँसने की कोई क्या करे
कितनी भी लबों से आहें भर लो मोम-दिल को कोई नहीं समझता।

"वारफ़्तगी की सुपुर्दगी"

बेवफ़ा ज़िंदगी थी तूने इस पत्थर को बना ख़ुदा दिया
मुद्दआ ये था फ़ैसला खिलाफ़ था जिसने जुदा किया।

सीने में थे ज़ख़्म दिल में दाग़ भरे थे न थी दिलकशी
एक तूने फ़सल–ए–बहार में गुलाब बनके ज़िंदा किया।

मेरा दिल भी वारफ़्तगी की सुपुर्दगी से रू–ब–रू था
तुमने की बूंदा–बांदी अपने इश्क़ की दर्द–ए–दवा किया।

मैं वो मौसम था जिसे बारिश की एक बूंद की दरकार थी
तूने मेरे लिए धूप की कश्ती में बर्फ़ का पयाम अता किया।

मेरी हसरत मेरी ख़्वाहिश ये सब जंग की मुसाफ़िर बनी थी
तू देर से ही सही मिला है ज़िंदगी में मैंने तुझसे रज़ा किया।

तू ख़ुश-क़ामती जितनी ज़्यादा है क़हर है ग़ज़ाल सी आँखें
दिलबरी तेरी नाज़ूक कलई ने मेरे दिल को ख़ुशनवा किया।

हिज्र से दिल परेशाँ था फ़िराक में रूह के पत्ते उखड़े हुए थे
तूने की इश्क़ की बारिश अब्र छट गए मेरा दिल–रवाँ किया।

शब्दार्थः–

वारफ़्तगी:– खोया–खोयापन, आप से बाहर होना

खुश–कामती:– शरीर की सुंदरता

ग़ज़ाल:– हिरण

"आँखों का सुरूर"

कैसे कह दूँ मेरे चश्मों में तेरा आईने सा रू शराब जैसा लगा
तेरी जुस्तुजू में आरज़ू ए ख़्याल दरहमी ख़ू से ख़्वाब जैसा लगा।

रातों में पलकों के साए के बीच निगाहें मस्त सोए जाए है
मेरे सारे मुआफ़ तेरी नींदों में आया रम्ज़ सराब जैसा लगा।

तेरा ये मुझे कत्ल करने का ख़्याल अब अबस–ए–ज़िंदगानी क्यों यूँ
मैं आरज़ूमंद तेरे नयनों की दीवारों के बीच आब जैसा लगा।

मेरे दिमाग़ में इश्क़ का ख़ुमार ऐसा छाए तुझपे इख़्तियार हो जाए
ये जो परदा है निगाहों के बीच हमारे होते क्यों हिज़ाब जैसा लगा।

नाज़ुकी कली ने तेरी नीमख़्वाबी आँखों से खिलना सीखा है
मेरी रातें कैसे गुज़रेंगी दिल से गिरता लहू गुलाब जैसा लगा।

तेरे इश्क़ में जाँ देने को मैंने ख़ुद को खौफ़–ओ–ख़तर में डाल लिया
कोहसार के तपते लवों में तुझे मैं जहन्नुम में अज़ाब जैसा लगा।

क्या करूँ तेरे बिना दीदा ए इख़्तियार को नसीम रहगुज़ार लगे
क्या करूँ इश्क़ में तेरे बिना मुझे ये दहर ख़ानमां ख़राब जैसा लगा।

तेरी आँखों का सुरूर ऐसा छाए ख़ुदा झोली में बरकत दे जाए
तेरे अश्कों के मानिंद क़तरा दिल में गुहर बनके शबाब जैसा लगा।

मेरे लख़्ते जिगर तेरे बिना ये गुलशन अब ग़म ए इश्क़ की पीर लगे
तेरे हुस्न के तकाज़े से बेकल ज़ेहन में नशा हुबाब जैसा लगा।

अल्लाह रे बेख़ुदी में क्या बताए दिल तो तेरी आँखों का गुलाम बन गया
जब से तुझे पाया है दवा बनके दर्द भी दिल में सब्र ओ ताब जैसा लगा।

"तन्हा दिल"

दिल भर गया बंदगी से जब से लोग ख़ुद से ख़ुदा होने लगे
ये क्या कम था इश्क़ की तामीर होती पहले ही जुदा होने लगे।

ये दिल बेचारा क्या करता बज़्मों में बुलाए गए पूछा तक नहीं
शौक़ में ख़त जलाए गए ख़ुद में ख़ुद से गुमशुदा होने लगे।

अक्सर दीदार में दरीचों से ताक–झाँक थी कोई 'गली' वो गुम है
मेरे दीदा–ए–तर हुए थे फ़िदा लेकिन आज लापता होने लगे।

उसको दस्तरस है हिमायतों की लेकिन आज मेरे खिलाफ़ है
शरारतन 'उजलत में शिकायत करने लगे जैसे हादसा होने लगे।

सुना है इश्क़ में फ़रेब मिले मिस्कीन की हालत खस्ता होने लगे
लबों के समंदर सूखने लगे तिश्नगी मरता-खपता होने लगे।

तन्हा दिल टूटने लगे बेचारा रातों को सिसकियाँ भरने लगे
ख़ल्वतों से गुफ़्तगू करके हिज्र में रूह अता–पता होने लगे।

ख़ैर छोड़ो! नींदों में ख़्वाबों की तामीर में तुमने खिलाई है बर्फ़ी
बैरी नीम की निंबोली भी मिश्री की डली बनके पिस्ता होने लगे।

शब्दार्थः–

हिमायतः–'समर्थन,तरफ़दारी

'उजलतः–शीघ्रता, आतुरता, जल्दी, जल्दबाज़ी, फुर्ती

“शरबती आँखें”

ये शरबती आँखें मछली की तरह मचलती जाए
ये फड़कती आँखें बदली–बदली सी छलती जाए।

एक कोने में बैठे कोई राहगुज़र गुलों को देखे जाए
बहारों में खिले फूलों की कबाएँ भी दहकती जाए।

अरमानों की अर्थी कौन उठाएगा जज़्बात मरे जाए
जब न मिले इश्क़ में कोई साँसों की डोर छूटती जाए।

ग़रीबों की बस्ती में कौन ठहरे जो आए सो लूटने आए
इश्क़ की तामीर होने से पहले दुनिया कुतरती जाए।

कोई दुआ करे तो मन्नत पूरी हो तो कोई ताबीज़ बांधे
जिसका दिल हो पत्थर सा उसकी दीवार टूटती जाए।

मैं सोचता हूँ पानी पे तेरे नाम की तहरीर बिछा जाऊँ
मगर डर लगता है डूबने से चराग़ो की लौ बुझती जाए।

याँ कौन होगा जो अपने शैदाई के मुखड़े पे न जीता हो
कोई इश्क़ में मर जाए तो वो चाँदनी सिकुड़ती जाए।

"आईना"

लटका के झुमके कानों में काले नैनों से तुमने इक़रार किया
नक में जड़ित नथुनी से दीवार के साए में तुमने इश्क़-ए-इज़हार किया।

तेरे चश्मों पे मरके मख़्सूस कोई क्यों प्यासा ही चला जाए
ओ कजरे नैनों वाली तुम्हें क्या मालूम याँ मैंने तो प्यार किया।

सुनने में आया है दुरे कस्बे से कोई लड़की मेरे गाँव में है
बोले है उसने तो ख़ुद को जलते सहराओं में बरक़रार किया।

मेरी बीनाई तो तेरी आँखें ले गई रौशनी मेरी अप्रिय
तेरे हसीन से चेहरे ने यूँ मेरे कू-ए-दिल को गुलज़ार किया।

आईना भी शरमा जाए देखके तेरी सूरत चाँद कहाँ जाए
तेरे दरिया से अश्कों के मधु प्यालों ने मुझको आज़ार किया।

तेरे बदन का ख़ाका ऐसा होगा तितलियाँ अपनी कबाएँ कतर ले
फिर तो जैसे नफ़स रुक जाए सब्ज़ यूँही मैंने कारोबार किया।

मेरी नब्ज़ में बढ़ते दर्द को कम करके तेरे नैना इश्क़ करे
कलियों सी की नाज़ूकी लिए होंठों ने तेरे इस्तिक़रार किया।

जब से देखा है रातों को सताते है ख़्वाब तेरे सोने नहीं देते
तेरी आँखों की मस्ती ने नन्हे से दिल को रू-ए-यार किया।

शब्दार्थः–

इस्तिक़रारः– शांत होना, प्रमाणित होना, ठहरना, रुकना

“काग़ज़–ए–दिल”

काग़ज़ जानता है दिल में दर्द क्यों है तुम्हें इख़्तिताम लगे ऐसे ही
काग़ज़ के हर्फ़ों में लहू की बूंदें तुम्हें हराम लगे ऐसे ही।

तुम्हें क्या मालूम कोई मिस्किन दरिया की जुस्तजू में तुझे ताके
मेरे काग़ज़–ए–दिल के हर्फ़ जलते रहे तुम्हें आम लगे ऐसे ही।

मैंने दिल के मकाँ में जलती आग को जैसे कफ़न बनाके ओढ़
लिया
काग़ज़ों में दफ़्न हुई मेरी मोहब्बत तुम्हें कलाम लगे ऐसे ही।

मेरे दिल को तोड़के तुमने काग़ज़ की तरह फाड़ दिया हो जैसे
काग़ज़ का दम निकल गया ज़ीस्त में तुम्हें इंतिज़ाम लगे ऐसे ही।

मैंने ग़मे–दुनिया में तुम्हें ख़ुदा मानके फरिश्ते सा उतारा काग़ज़ पे
तुमने बिना पढ़े ख़त फाड़ डाले खराब तुम्हें तमाम लगे ऐसे ही।

ख़ाकसार थे हम यूँही अहदे–वफ़ा में पर तुम जान ही न पाए
काग़ज़ के हर्फ़ ज़र्द बने सर्द आँखों में तुम्हें शाम लगे ऐसे ही।

दिल के कुछ अरमाँ आँखों से उतर गए तो कुछ हवा में ही उड़ गए
जस्ता जस्ता हर्फ़ काग़ज में है आलम तुम्हें क़याम लगे ऐसे ही।

दिल के तार अगर उखड़े तो शायद कभी सफ़र में मिले हम दोनों
काग़ज़ी तहरीर फूलों को सूखा गई तुम्हें एहतिमाम लगे ऐसे ही।

शब्दार्थः–

इख़्तिताम:–अंत

क़याम:– ठहराव

ख़ाकसार:– बहुत अधिक विनीत या दीन; तुच्छ; नाचीज़, विनम्र, विनीत

एहतिमाम:–प्रयास, कोशिश, जद्द-ओ-जहद, (किसी भी मामले में उसकी महत्व के कारण)

असाधारण ध्यान, ग़ैरमामूली तवज्जो या व्यस्तता

"गुलाब"

यूँ गरीबी में जैसे शबाब गुलाबों की तरह महक जाए
मिस्किन का ज़हराब ख़्वाब ख़ुलाबों की तरह बहक जाए।

नन्हा बच्चा लबों में मुस्कान लेके ज़ीस्त में बिखेरे जाए
लाल–ए–नाब जैसे अधरों में गिर्दाब सा चहक जाए।

मुमताज को शाहजहाँ गुलाबी ताजमहल करे नवाज़ा
ऐसा लगे कठ–गुलाब जैसे सदा-गुलाब में दहक जाए।

बेताब सरकशी दीदा ए तर में बीनाई का हो अस्बाब
जैसे तालाब में कँवल की जगह गुलाब ही चमक जाए।

निर्झर राह में खिले गुलाब जैसे कच्ची कलियों में मिले
चुबे ख़ार पाँवों में किसी राहगुज़र के तो खनक जाए।

सहरा में खिलते गुलाब से सैनिक ने पहचाना मिट्टी को
वतन ये तो अपनी सरजमीं है जो आँखों में छलक लाए।

शब्दार्थः–

खुलाबः–कीचड़, दलदली ज़मीन, कीचड़–पानी मिली हुई रास्ते की मिट्टी

लाल–ए–नाब :– Clear Ruby

मेहराब:– अर्ध चंद्र आकार की कोई चीज़ या दीवार, ताक़, ताकचा, युद्ध का स्थान

गिर्दाब:– भंवर, जलावर्त, कलंकुर

बेताब:– अधैर्य, बेचैन

सरकशी:– अंहकार, घमंड

अस्बाब:– साज़ों सामान, सामग्री, कारण, वजहें

दीदा–ए–तर :–अश्रुपूर्ण आँखें

हुलाब:– बहुत छोटा और सफेद फूल

सदा-गुलाब:– सदाबहार गुलाब, चीनी गुलाब

कठ–गुलाब:–बिना खुशबू वाला गुलाब

"ग़म–ए–ज़िंदगी"

यादों को सीने में दफ़्नाके चीखते जाते हैं
ख़ुदा के वास्ते ख़वाबों में आए तो पूछे जाते है।

माना यहाँ तक आते आते थक जाते है मुसाफ़िर
मुझे मालूम है सफ़र कहाँ पर रुकते जाते हैं।

सूख जाते है गले रुँद जाती है जैसे साँसें
वफ़ा के नाम पे फ़क़त धोखे होते जाते हैं।

कि शहर में जब शोर होते है लारियां भागती है
इंसानों के बिना जंगल भी सूने होते जाते हैं।

यूँ हिज्र के ग़म में फ़िराक जब मिले दरिया रूठे
निर्झर साहिल कश्तियों से टकराते जाते हैं।

तन पे चादर न हो सर्दी में सिकुड़ते जाते है
बिन तेल के दीये भी आँखें मलते जाते हैं।

“हमनवा”

यादों को दिल में भरके ख़ामोश होते जाते है
तेरे वास्ते ख़्वाबों को नींदों से जगाते जाते है।

राह के काँटे फूलों में बदल देते है मुसाफ़िर
इल्म है मुझे वक्त के बाद सब ठहरते जाते है।

इश्क़ बला है इसमें ज़हर पीना ही पड़ता है
वफ़ा को ज़िंदा रखने के लिए सँवरते जाते है।

मान लेते है शहर की सुनसान रातें चीखती है
सब्ज़ कहाँ रहे दरख़्त वो भी सूखते जाते है।

ख़्वाहिशों के दरियाओं ने कब प्यास मिटाई है
यहाँ सुकूत–ए–इश्क़ में साहिल घिसते जाते है।

मुझे हमनवा बना लो साँचे में जुनूँ के ढाल के
चराग़ बन जाऊँगा तूफ़ाँ को झेलते जाते है।

"रंग चढ़ जाए पिया का"

रंग चढ़ जाए पिया का तो अदा-ए-'इश्क़ ख़ुदा है
रंग हिना का हाथों में ऐसा लगे जैसे कि अश्क-फ़िशाँ है।

जब हो ख़्वाबों में मुलाकातें तो हो ठंडी–ठंडी बातें
ऐसा लगे जैसे बारिश की बूँदों से गालों पे मश्क़ रवाँ है।

ज़ेहन में चाहत की तैराई हो रूठने की मनाही न हो
जहाँ हो पिया की जुस्तुजू वहाँ तो अश्क जुदा है।

जब हो जाए पिया से आँखें चार तो क्या दिन–रात
सफ़ीने ख़्यालों में आँखें झपके पानी में रश्क भवाँ है।

क्यों ख़फ़ा–ख़फ़ा से है चेहरे आँखों में सबके लहू उतरे
तू डूब जा झील सी आँखों में साहिलों पे कश्क दवाँ है।

मेरे दिल की हसरत सिर्फ़ पिया है और मुझे क्या चाहिए
मुझे क्या फ़िक्र ज़माने की मेरी रूह में तो इश्क़ जवाँ है।

शब्दार्थः–

अश्क-फ़िशाँ:– आँसू बहाने वाला, रोने वाला

मश्क़:–तख़्ती, अभ्यास, प्रयोग, प्रशिक्षण, पूर्वाभ्यास, घर का पाठ, (ख़ुशनवीसी) तख़्ता या काग़ज़ जिस पर मश्क़ की हो

रवाँ:– प्रवाहित, बहता हुआ, तीक्ष्ण, धारदार, (स्त्री.) प्राण, प्राण वायु, जान, रूह, रवाना

रश्क:– दूसरे की चीज़ देख कर दुखी होना, दुशमनी, जलन,

भवाँ:–चक्कर

दवाँ:– दौड़ता हुआ, भागना हुआ

“प्यार किया था”

प्यार किया था आँखों में डूबके अहबाब तू याद आएगा
इनमें दरिया है छिपा मेरी आँखों के बाब तू याद आएगा।

तुम्हें क्या मालूम तेरी आँखों में इश्क़ की क़िताब नज़र आए
रूह की सतर में तू नज़र आए मेरे जनाब तू याद आएगा।

इन किताबों में रम्ज़ है जो ज़ेहन में कई ख़्याल ले लाए
अंदाज़-ए-जफ़ा के ज़ालिम मेरे बर्फ़ाब तू याद आएगा।

याद है ख़त समझके तूने कभी किताबी आँखों में ढाला था
अब दुनिया के कीड़े खाएँगे मेरे महताब तू याद आएगा।

सुना है तालीबा हो तुम शब–ए–हुस्न की साया ठहरके देखे
तुम्हें रसाई है लकीरें पढ़ने की मेरे ख़्वाब तू याद आएगा।

मेरे प्यासे लबों पे तश्नगी मचली जाए क्या करूँ याद आए
आब-ए-हैवाँ हो या ज़हराब मेरे मेहराब तू याद आएगा।

"हुज़ूर-ए-अर्ज़"

मेरे कतर-ए-अश्क-ए-दीद-ए-पुरनम के मोती उड़ गए
ऐसे आए मुझे खरीदने जैसे अक़्ल पत्थर ही पड़ गए।

शग्ले-अत्फ़ाल तीर मारे जुरअत ए आज़मा ए तुम हाय
यों अंडे के शहज़ादे बनके छाती मेरे पत्थर ही अड़ गए।

मैंने तुम्हें ख़ुल्द की हूर माना तुम तो दश्ते-वफ़ा निकले
घाट घाट का पानी पिए लता पे पत्थर ही बढ़ गए।

मुझसे इश्क़ करना बालू से तेल निकालने जैसा है जाँ
मौजे-सराबे से खेलों दरख़्तों पे पत्थर ही चढ़ गए।

मेरा दर्द बे-दवा है ख़ैर बाल की खाल मत निकालिए
काग़ज़ जला दिए गए दवा लिखी थी पत्थर ही मढ़ दिए।

ख़स्तगी के क्या किस्से सुनोगे नैनों ने दिल को फंसाया
डूबने को चुल्लू भर पानी न आँखें पत्थर ही जड़ दिए।

मैं तो अब रहा नहीं रही मुक़र्रर मेरी हुज़ूर-ए-अर्ज़
आके उस सितमगर ने दर ज़ुबाँ मेरे पत्थर ही पढ़ दिए।

शब्दार्थ:-

कतर-ए-अश्क-ए-दीद-ए-पुरनम:- आंसुओं से भरे नैना

शग्ले- अत्फ़ाल :- बच्चों का खेल

जुरअत-आज़मा :– हिम्मत आंकने वाला

दश्ते-वफ़ा :– प्रेम-रूपी मरुस्थल की मरीचिका

मौजे-सराबे :– रेत की लहरें

ख़स्तगी :– बर्बादी

"शाही लिबास में बहकी मुफ़्लिसी"

शाही लिबास में बहकी मुफ़्लिसी बे–कीमत होती है
मैं देखता हूँ जब अर्ध लिबास से बदन सूरत रोती है।

दिल हो जाता है संवेदनशील देखे चेहरे मुरझाए
देखके◌े ये हुज्जत अक़्ल–ओ–होश भी लज़्ज़त खोती है।

जब मिस्कीन रकम जोड़ता है बेटी की शादी के लिए
सालों लग जाते है लुटेरे ले भागे हिम्मत कोसती है।

भूखे को जब भी बैठे देखा जाता है सड़क किनारे
रूह काँप जाए भीतर चेहरे झुलसे शिकस्त धोती है।

कोई भूख से मरे नोचे हैवान स्त्री के जिस्म को
शर्म के मारे झुके आँखें दुखी रूह भी परस्त होती है।

न जाने कितने ही चारासाज़ों की लापरवाही में मरे
तड़पते मरीज़ देखे मैंने कोरोना के उसरत होती है।

गर्मी लेते है कभी ऊन से तो कभी चिपके आपस में
वो सर्दियों में ठिठुरते है जिस्म की हिमायत मोती है।

फुटपाथ पर सो जाते हैं दिन भर कांधे पे ढोते थैला
रात में कोई लारी कुचले तो हादसा कहे सतत चुनौती है

कितने जोश से काँच के मकाँ में चराग़ पुरनूर हुए
पसीजे दिल याँ ग़रीब की झोंपड़ी में क़िस्मत सोती है।

आख़िर दुःख को दुःख और दर्द को भी दर्द हो जाता है
दिल में जमा जज़्बात जब उन्हें देखे तो फ़ुर्क़त बिलोती है।

तंग ए जान हुस्न में यूँ हिना–ए–पा–ख़िज़ाँ में सितम बने ख़ौफ़
ख़ियाबाँ ख़ियाबाँ तश्नालब तड़पे दर्द में ज़ीस्त डुबोती है।

मेरा दिल-ए-गुदाख़्ता चर्ख़े–नीली–फ़ाम तले सोचे
क्यों आज संवेदना कूचों में ख़ाक उड़ाके ख़ल्वत ढोती है।

शब्दार्थः–

उसरत :– पीड़ा

फ़ुर्क़तः– वियोग, विरह, जुदाई, हिज्र, दूरी, बिछोह

हिमायतः– तरफ़दारी

ख़िज़ाँ :– पतझड़

दिल–ए–गुदाख्ता :– पिघला हुआ दिल, सौम्य और भावयुक्त हृदय

ख़ल्वत :– जनशून्य, तनहाई, एकांतवास, ऐसा स्थान जहाँ कोई न हो, निर्जन

“सरहद पर ज़वान”

निज वतन की धाक की तू, दे ख़बर कुछ
ऐ ख़ुदा मेरे भरत की, दे ख़बर कुछ।

हम रहें याँ गिरते से हिम के हवाले
जोश लोगों में क्या हैं? की दे ख़बर कुछ।

भार कोई मुझ पे मेरे देश से याँ
ऐ फिज़ाओं तू जहाँ की, दे ख़बर कुछ।

देश तो आबाद कुछ टकसाल से ही
मेरे भाई, मितवा की तू, दे ख़बर कुछ।

देश में मेरे घुस आए गंदे दुश्मन
मुझको कोई बेज़ुबाँ कि, दे ख़बर कुछ।

मिट्टी तेरी हाथों में है देश मेरे
फिर भी अपनी रहमतों की, दे ख़बर कुछ।

गाँव से मेरे जवाँ आऐ हैं बैठे
मेरी माँ, बापू, चचे की, दे ख़बर कुछ।

"जानाँ"

मख़मूर आँखों से तूने पिलाई है होश जाँ कैसे आए
बेचैन है दिल बेहोश ये जिस्म ऐसे में जानाँ कैसे जाए।

तेरे आईनों का मरीज़ हूँ मेरे मिज़ाज में दख़ल न दे कोई
मैं ज़बाँ-दराज़ ही सही आँखों से दरिया पिया कैसे जाए।

तू तो बीनाई है तेरे बिना मुझे घर तक जाना आफ़त है
तेरे दिल से तेरे दर से तेरे ख़्यालों से निकला कैसे जाए।

ज़िंदगी है मेरी ख़ल्वतों सी तुम ले आई रहमत दुआओं की
अजमत करने दे मुझे इश्क़ में बिन तेरे जिया कैसे जाए।

आराइश-ए-नज़र तेरी मेरे उर के आँगन में सुकून लाए
कौल के लिए रुख़सत न करना बग़ैर तेरे रहा कैसे जाए।

यूँ तौर-ए-हिज्र-ओ-विसाल में नापैद तू न ही रहिएगा
यूँ जो ख़्वाहिश-ए-इंदिमाल हो नासूर चला कैसे जाए।

तर्क-ए-त'अल्लुक़ात क्यों करे वरना दीवारें ढह जाएगी
पानी की दीवारों को अपनी नब्ज़ काट के भरा कैसे जाए।

तेरे लबों से ये लब मिलाके तमाम बातें मैं कर जाऊँ
तेरे यूँ लब-ए-गुहर-फ़िशाँ को छूके शिकवा कैसे जाए।

शब्दार्थ:–

तर्क–ए–त'अल्लुक़ात:– रिश्ता तोड़ देना

आराइश–ए–नज़र:– नज़र का अलंकरण

ख्वाहिश–ए–इंदिमाल :–घाव के भरने की इच्छा

लब–ए–गुहर–फ़िशाँ :– रत्न जड़ित चमकते होंठ

शिकवा :– शिकायत

"जज़्बातों की मौत"

जब से लोग झूठ बोलने लगे है सच का दम घुटने लगा है
कितनी भी 'उजलत में हिमायत कर लो ग़म लूटने लगा है।

कोई आँखों से लम्ज़ करता है कोई पीठ में छुरा घोंपता है
मैंने भी समंदर लुटा के देखे है सनम सितम करने लगा है।

कोई बुखार में तड़पता है कोई इश्क़ की मार में संभलता है
मैंने देखा ऐसा मख़्सूस जो बदल गया ज़ख़्म रिसने लगा है।

सुना है जब किसी की याद आए तो गला भी रूंध सा जाए
आँखों से बारिश होने लगे तो दिल में पदम खिलने लगा है।

जब कोई धोखा दे जाए तो मौका क्या मिले संभलने का
पूरी छाती में आग के शोले भर जाए सरगम मरने लगा है।

मैने देखी है ऐसी झूठी और फरेबी माशूकाएँ जो बिक जाए
चंद पैसों की खातिर छोड़ दे दुनिया से अहम् भरने लगा है।

अब तो रगों में दुःख होने लगा है लम्हों में सुख खोने लगा है
जज़्बातों की मौत होने को है मुझे ख़ुद से रम लगने लगा है।

शब्दार्थ:–

'उजलत:– शीघ्रता, जल्दबाज़ी

हिमायत:– तरफ़दारी

लम्ज़ :– इशारा

मख़्सूस :– इंसान

पदम : – कमल का फूल

अहम् :– मन

रम : – भय, डर

“उजालों में आलाइश क्या करे?”

तस्वीर मिटा दी गई ज़ेहन से अब राहों में ख़्वाहिश क्या करे
आए गए वो ख़्वाब तो बेवफ़ा की रातों में सताइश क्या करे।

अब टूटी यादों की प्यासी कश्ती में बैठ के कौन से गीत गाए
जब साया तड़पाए दीवारों को लेके बाँहों में रंजिश क्या करे।

इंदौर की मस्ती निकली सस्ती मेरी सुस्ती में खो गई बस्ती
जो रहे दिन-रात ग़मों के मेलों में आँखों में बारिश क्या करे।

जिसने इश्क़ में सब कुछ लुटा दिया अब उसके लब प्यासे मरें
सड़क पे आ गए सारे दीवानें ख़ाली हाथों में ख़ारिश क्या करे।

सुनो इंस्टा की रील झूठे सपनों की झील में तैरके दिखाती थी
इसी मोबाइल ने दिल हैंग किया बातों में फ़रमाइश क्या करे।

तितलियों के जैसे उड़ता था दिल शराब की मस्ती में नैना चूर
एक झोंके से चराग़ बुझा दिए गए शमाओं में ताबिश क्या करे।

सुना था दिल के बदले दिल मिले तो दीये जले विरह न मिले
दिल की चौखटों से ख़ून रिसने लगे बहारों में नुमाइश क्या करे।

अब उम्मीद नहीं जीने की लगता है मौत दो कदम दूर खड़ी है
अँधेरों ने निचोड़ दी ज़िन्दगी यूँ उजालों में आलाइश क्या करे।

शब्दार्थ:–

सताइश:– जिसकी प्रशंसा न हो सके

ताबिश:– रौशनी, जगमगाहट

आलाइश:– पाप या गुनाह

"आज की सच्चाई:- करवा चौथ की कहानी"

झूठे करवा चौथ फ़क़त दो दिलों की तसल्ली नहीं है
इश्क़ जावेदानी नहीं दिल बहलाने को ज़िंदगी पड़ी है।

दुनिया को दिखाने के लिए चाँद के आर-पार देखा
रूहानी इश्क़ है नहीं जिस्मानी इश्क़ में बँधी हुई है।

हाड़-माँस की ये दुनिया क्यों झूठे जज़्बातों में जिए
एक तरफ़ मार दूजी तरफ़ यार ज़ीस्त में क़ैदी बनी है।

हे मुर्शद! सुना है सच्चे इश्क़ की रवानगी मुख़्तसर है
क्यूँ क़ाफ़िलें लेके मौत के कुएँ में जवानी बंदी बनी है।

बहुत लोग दूसरों के बिस्तर गर्म करके ख़ुदा बनते हैं
पत्नी उन्हें छलनी में चाँद मानकर ख़ुद ज़ख़्मी हुई है।

सुना है मर्द सर्द रातों में मर्ज़ बनके फ़र्ज़ सा काम करे
आज के घरों में स्त्री पाँव की जूती होके सहमी हुई है।

कोई घुट के जीवन गुज़ार दे कोई बंधन में दम तोड़ दे
तो क्या फ़ायदा ऐसे विवाह का जहाँ मौत डटी हुई है।

माँगती है वर सदा सुहागन का मिले ग़म अभागन का
क्यूँ भूखे रहके तू प्यास की अगन में ख़ुद जली हुई है।

साँसें गिन-गिन के लेते हो तो क्या ही तुम जीते हो
कितना भी इश्क़ कर लो सब जगह रूह डरी हुई है।

शब्दार्थ:–

जावेदानी:– शाश्वत, अमर

ज़ीस्त:– ज़िंदगी, संसार

मुख़्तसर:– अल्प, छोटा या छोटी

"तोहमत-ए-मरज़-ए-'इश्क़"

अक्सर ज़माने से तोहमत-ए-मरज़-ए-इश्क़ की सज़ा मिली है
तुमने भी ज़हर-ए-ग़म देके कौन सी कसर छोड़ी दग़ा मिली है।

आँखों को जो सुकूँ मिलता वो यूँही कहाँ गंवारा था तुमको
हाथों में थे लहू ख़ुदा से ही वक़ार-ए-दस्त-ए-दुआ मिली है।

मैंने रातें गँवाई तेरे इश्क़ में तुझमें तिनके सा असर नहीं
वफ़ा मैंने की मगर मसलतन तुमसे तो फिर भी ज़फा मिली है।

अहद-ए-वफ़ा में कोहसार का जिस्म तपता रहा तुम्हें क्या पता
तुझसे अच्छा तो वो ग़म ही भला जिससे मुझे वफ़ा मिली है।

पानी के बाज़ू में अक्सर समंदर मचलते है क्या ही बताए
दिल बेचारा घायल हुआ तेरी निगाहों से फिर भी ख़ता मिली है।

सब्ज़ थे कभी सहरा में रूह उड़ती रेत की तरह बिखर गई
मुझे तो बस तेरे लबों से फ़क़त बेवफ़ाई की सफ़ा मिली है।

तेरे हाथों में चारासाज़ की समझते थे रहनुमाई क्या बोले
तुमसे तो कभी न मरने देने वाली आँसुओं की दवा मिली है।

दिल से क्या शनासाई हुई तुमने तो फ़कीर ही समझ लिया
क़फ़ा से केशूओं में रंग-ए-हिना के निशाँ नहीं बफ़ा मिली है।

सुना था इश्क़ आफ़त है मगर इश्क़ के नाम पे तुम तो बला निकली
ख़ैर जैसी मर्ज़ी ख़ुदा की उससे तो कम से कम रज़ा मिली है।

शब्दार्थ:–

सफ़ा:– सफ़ाई, पवित्रता

बफ़ा:– रूसी, बालों में पाई जाती है

क़फ़ा:– गुद्दी

नज़्म

“चेहरा–ए–नूरानी:– पिता”

मेरे पिता ने मुझे सिखाया है कर्म करना और मैं आभारी हूँ
गुलिस्ताँ के गुलों में तैराई पिता से सीखी और मैं आभारी हूँ।

मैं मयकदों में मख़मूर होके कू–ए–दिल में पैरों पे लड़खड़ाता था
उसने अपने अल्फाज़ से ऐसी आब-ए-हैवाँ पिलाई मैं आभारी हूँ।

वो जाज़बियत से भरी निगाहें लेकिन सिलवटों से तर पेशानी लिए
उस ख़ुदा के बंदे ने मेरी ज़बाँ में गुलाब भर दिए मैं आभारी हूँ।

जब भी मुख़ातिब होके मैं रहा क़रीब दर्द में सुकून मुझे मिला
कि मेरे रास्तें में आए ख़ार फूलों में बदल गए मैं आभारी हूँ।

सर पे माटी गालों पे पसीना और बेलचे से क्यारियाँ बनाते हुए
दिखाया जिस्म को तपाके कैसे सोना निकाले मैं आभारी हूँ।

घर माँ विहीन हो तो बन जाते है रसोइए कहते है भूखे क्यों मरे
ख़ाली ज़ीस्त के दुरूह कैफ़ीयत में जीना सिखाए मैं आभारी हूँ।

विदाई देख बेटियों की आँखें दुरे तर जाए कैसे संभाले
ज़िम्मेदारी क्या होती है कैसे हिम्मत लाए ये देखे मैं आभारी हूँ।

जब सोते है नूर चेहरा–ए–नूरानी ग़रज़ पिता ख़्वाब बुनते है
ग़म में जाने दम भरके कैसे घर ये ख़ुल्द बनाए मैं आभारी हूँ।

दहर में कर्ज़ फ़र्ज़ क़द्र मर्द वो मकून निस्बत निभाते चले गए
सहके दिल में हिज्र-ओ-फ़िराक मुस्काते रहे ये देख मैं आभारी हूँ।

सहराओं के रेत में जलके मेरे लिए दरिया बने और प्यास मिटाए
बिन बादलों के जैसे वो मुझपे बरखा ले आए और मैं आभारी हूँ।

शब्दार्थ:–

कू-ए-दिल :– दिल की गली

आब-ए-हैवाँ :– अमृत

पेशानी :– जबीं, माथा, ललाट

बेलचे :– छोटी कुदाली, खुरपा

कैफ़ीयत :– हालत, स्थिति, हाल, समाचार

मकून निस्बत :– बिना मतलब

बरखा :– बारिश, बरसात

“आसुदगी–ए–वस्ल”

तुम मेरे ख़्वाबों में आते हो नींद तोड़ जाते हो
आके ख़्यालों में ज़ेहन में सवाल छोड़ जाते हो।

आँखों से क्या वार करते हो इनमें मेरे अक्स देखे
यूँ लेके उतरे दिल–ए–कश्ती में दिल तोड़ जाते हो।

लबों को छूले तो गुलिस्ताँ के फूल तोड़ जाते हो
छूके मेरे रुखसार कोहसार को ही मोड़ जाते हो।

तेरे इश्क़ में वो नज़ाकत है जहाँ मह भी छुप जाए
मेरे इश्क़ में खोके तू लज़्ज़त–ए–शब छोड़ जाते हो।

तेरे बिना मुझे नींद न आए हो जाते है बेचैन
जानाँ तू मेरे दिल–दरिया में असर छोड़ जाते हो।

तेरे रू-ए-निकू से मेरे दिल में वफ़ा ए गुफ़्तुगू हो जाए
छाई काई रात से दुरे तैराई छोड़ जाते हो।

कभी यूँ लगे नफ़स मेरे उड़ गए कभी यूँ जी लिए
दिल के कुम्हलाए फूलों में नाज़ूकी छोड़ जाते हो।

जब ये दहर ख़ल्वतों से भरा नज़र आए कुछ न दिखे
दिल में जुगनू संग शमा–ए–लौ जलाके छोड़ जाते हो।

जाने है तेरे दिल में मेरे लिए चाहतों का समंदर
मेरे दरिया ए दिल को बाँहों में लेके मोड़ जाते हो।

शब ए उम्र की आसुदगी-ए-वस्ल के बाद मिले है हम
तुम दरख़्त हो जो दिल में सब्ज़ निशाँ छोड़ जाते हो।

“नस नस में हो ज़हर”

नस नस में हो ज़हर तो दवा देने में वक़्त नहीं लगता
लड़ाई छोटी हो तो हवा देने में वक़्त नहीं लगता।

यहाँ ग़ैरों से मुहब्बत के कोई मायने नहीं होते है
जफ़ा जितनी भी हो फ़ना होने में वक़्त नहीं लगता।

बड़ी मुश्किल से बनते है घोंसले मशक़्क़त के बाद
तूफ़ाँ आने से आश्ना गिरने में वक़्त नहीं लगता।

बहुत क़ौल होते है ज़बाँ से वफ़ा निभाने के लिए
दिल मिलने में दुआ से रज़ा में वक़्त नहीं लगता।

इश्क़ में रतजगा बनते हो तो राब्ता मिल ही जाए
अहद–ए–वफ़ा से ख़ुदा होने में वक़्त नहीं लगता।

मेहबूब के नक़्श–ए–पा में कोई बंदिशें नहीं होती
मुद्दआ ये हो तो शोला–ए–हिना में वक़्त नहीं लगता।

ख़ता भी हो जाए इंतिहा में ज़ायक़ा जुदा ही न हो
रवाँ इश्क़ कीजिए इल्तवा होने में वक़्त नहीं लगता।

ख़ैर जो भी है “हर तरह का वक़्त आता है ज़िंदगी में
क्योंकि यहाँ “वक़्त के गुज़रने में वक़्त नहीं लगता।

"कोई तुम्हें"

तुम मेरी जान हो कोई तुम्हें छीने क्यों
तुम मेरा इश्क़ हो कोई तुम्हें चाहे क्यों
तुम मेरा दर्पण हो कोई तुम्हें देखे क्यों
तुम मेरी दवा हो कोई तुम्हें मांगे क्यों
तुम मेरी मिठाई हो कोई तुम्हें खाए क्यों
तुम मेरी शोहरत हो कोई तुम्हें ओढ़े क्यों
तुम मेरी हसरत हो कोई आरज़ू करे क्यों
तुम मेरी जुस्तूजू हो कोई तमन्ना करे क्यों।

"पिया तेरे संग"

आज पिया तेरे संग
रात बिसर जाए
बात जिधर भी जाए
फ़क़त तेरी याद सताए
रक्त से भरी धमनी
शक्त मेरी ये कमनी
उजाले भर ले आए
चाँदनी छाँव में जैसे
मीठे मीठे गीत गाए
बादलों की चादर में
कोई चाँद छिपा जाए
बर्फ़ से ज़मीं ढकी जाए
जर्फ़ में कोई नवीं आए
फ़र्ज़ मुहब्बत का अता करे
कर्ज़ लबों से सटा जाए
हैं ज़माने कितने दुश्वार
है फसाने जितने किश्तवार
इश्क़ मेरी अना है
जो तुझमें फ़ना है!

"मसला क्या है"

मैं सो न पाऊँ तो तेरा क्या है
मेरी आँखों से पूछ नींद क्या है?

मैं खो भी जाऊँ तो दिन में क्या है
मेरे दिल से पूछ कि चाहत क्या है?

मैं रो भी न पाऊँ तो रातों का क्या है
मेरी रूह से पूछ कि दर्द क्या है।

मैं हँस न पाऊँ तो ख़्यालों का क्या है
उन पलों को याद कर जिनमें तू है।

मैं सुबह उठ न पाऊँ ख़्वाबों का क्या है
मेरे सपनों में आके देख तू क्या है।

ये चाहत यहीं तक नहीं आगे भी है
दिल में बहते लहू से पूछ मसला क्या है।

"मुझे कुछ अच्छा नहीं लग रहा"

मुझे कुछ अच्छा नहीं लग रहा मेरे रश्क–ए–क़मर
तेरे बुझे हुए चेहरे को देखके रोए ये दिल–ए–शहर।

तेरी आँखों से गिरती बूँद मेरे लबों को जलाए जाए
कलेज़ा बाहर निकले रूह तड़पे नफ़स बे–ख़बर।

अज़ब ज़ख़्म है कि मेरा चाँद ग़ज़ब कशमकश में है
देखो न आँसूओं की लहर चल पड़ी बन गई नहर।

तेरे बिन ज़िंदगानी हराम है जहां न कोई आराम है
आइने में तेरी सीरत दिखे बिन तेरे ज़ीस्त बनी क़हर।

मेरे बदन की क़बाएँ ऐसे महक खो रही हो जैसे लगे
तेरी ख़ुशबू बिन मेरी साँसें तरसे जा रही हर पहर।

बोलो ना कुछ तेरे बिन मेरी रात साया बनती जाए
तेरे लबों को सुनने को कान तरसे मेरे लब बने ज़हर।

"बढ़ते फासले"

आप ज़्यादा महान है कि अपने ही खिलाफ़ फैसला कर लिया
ये भी न सोचा कि मेरे दिल पे क्या गुज़रेगी मुँह फेर लिया॥

मैंने लाख मिन्नतें करके ख़ुदा से तेरे लिए आशियाँ बनाया
ये सोचकर कि तू मेरे साथ होगा क्यों ख़ुद को दूर कर लिया॥

मालूम हो रिश्तों की बुनियाद ख़ुद की पहचान पर टिकी होती है
जो निशाँ ज़ेर-ए-ज़मीन हो जाए तो आँखों से ख़ूँ ज़र लिया॥

जाज़बियत निगाहों सी लड़की अपनी माँ के नक़्श पे चलती है
तुम्हें किस बला का शौक़ ख़ुद को ख़ानदान से भी दूर कर लिया॥

तू भूली घर की धरोहर चाल–चलन में ही फ़र्क़ आ गया
ऐश–ओ–आराम तो जिस्म फ़रोशी ने भी बना तामीर कर लिया॥

जिसके मन में इश्क़–ए–रसूल के लिए सदा इज़्ज़त होती है
उसने शोहरत ठुकरा के मिट्टी के चूल्हे पर गुज़ारा कर लिया॥

कूदता है तीसरा आफ़त घर की दीवारों में दरार ले आई
तेरा क्या वजूद रहा जो बहकावे में घर तबाह कर लिया॥

क्या बताए रिश्ता है पाकीज़ा का तो ज़माने में वाहवाही हो
ऐसी किस चोट की हिमाकत है जिससे तुमने ज़ख्म भर लिया॥

जीना है तो एक दूजे के लिए फ़ितरत चाहिए वफ़ा के लिए
यूँ दिल पे आए एतबार रूह से दुआ को दवा कर लिया।।

मह के दीद में दूरबीन नहीं हमसफ़र की बीनाई हो
खालिम उम्र की जफ़ा के बाद मैंने तुमसे इश्क़ कर लिया।।

"इश्क़ की धुन"

जब से लग गई है मुझे तेरी लत सूफियाना हो गई
इश्क़ की धुन में खो के मैं तो बस साहिबाना हो गई।

तू मेरी बंदगी मैं तेरी क़ैदी नूर-ए-फ़रिश्ता हो तुम
मेरी सब्ज़ रूह में खिला हुस्न-ए-गुलिस्ताँ हो तुम।

रोज़ एक फूल पैग़ाम लेके आता है उसके दफ़्तर से
मेरे दस्त-ए-कुदरत से उसकी तस्वीर बने किस्मत से।

कभी रेत पयाम लेके आए कभी मन में मयूर नाचे
क्या त'आरूफ़ करूँ उसकी ख़ुदा बरसे यूँ चूर होके।

प्रेम है मेरा मीरा सा लेकिन राधा सी चाहत है पाने की
बनके तुम्हारे लबों की धुन हसरत बादशाहत पाने की।

सुनो कमलनयनी मेरी आँखों में उतर जाओ लहर सा
मैं यूँ बाँहों में खो जाऊँ काफ़िला रुक जाए सफ़र का।

"जाह्नवी" क्या बताए अजी सुन तो लो दो थोड़ा ध्यान
तुम तो मेरे कृष्ण हो गए बन गए मृगनयनी चश्म-नूर।

"जब धूप ही न निकले तो कैसा साया"

जब धूप ही न निकले तो कैसा साया
चाँद भी बेचारा फिरे इधर उधर मारा।

तुम्हें देखा तो मुझे तो सोना आया
बारिश को भी जैसे कोई रोना आया।

तुम्हें देखा तो कलमा लिखने को हुआ
जैसे ही बैठी लिखने काग़ज़ दूर भागा।

तुम्हें सोचा तो कोई गीत गुनगुनाऊं
जैसे ही गाने लगी मेरा गला रूंध आया।

तुम्हें सोच के चिड़िया को खाना देना हुआ
जैसे ही देने गई गुस्ताख़ कौआ उतर आया।

तुम्हें देखा तो सोचा मिठाई ले आऊं
लेकिन त्यौहार भी व्योपार करने लग गया।

"सनम लौट आएँगे"

एक सफ़र ही की तो बात है दिया जलाए रखना मैं लौट आऊँगा
जो है शीशे से दिल में रम्ज़ वो तुम छिपाए रखना मैं लौट आऊँगा।

जो दिल में है वोही लफ्ज़ों पे है नाम तेरा कहकशाँ में लिख चले
तेरे सिवा इस दिल में कोई क्यों आएगा ज़माने को बता लिख चले।

मेरे लम्हें संभाले रखना लम्ज़ आँखों के सफ़र से यों ज़ेहन में रखे
मेरा एतबार करे लौट आएँगे सनम इश्क़ मेरा दिल–ए–रेहन में रखे।

कितना अज़ब है शहर उससे भी ग़ज़ब है तेरा तहरीर–ए–ख़त पढ़ना
तुम्हें क्या पता रेत में बिखर जाते है जबसे मेरी साँस बनी रत–जगा।

चाँद को भला क्यों देखे वो पागल है इधर–उधर भटके नैनन में रड़के
चाँद में तू नज़र आए चाँद लापता होके खिसके दिल तेरे लिए धड़के।

तुम होली की बात करती हो जब से तूने छूआ है तेरा ही रंग भाया है
तेरे गुलाब से बदन में फूलों की खुशबू आए जिसका नशा छाया है।

ज़माने की झूठी तोहमतों पे न जा बहकावा इश्क़ को शंका में डाले
जितना तू मुझे चाहे उतना ही तुझसे दूर जाके हिज्र में ग़म रुलाए।

हिज्र न कर ज़िक्र में फ़िक्र कर लौट आएँगे सनम बाँहों में भर लेंगे
ये तन्हाई ये रुसवाई क्या है गहराई में सच्चाई से सौदाई बन लेंगे।

शब्दार्थ:–

रम्ज़:– भेद, रहस्य, राज़

कहकशाँ:– आकाश में दूरस्थ तारों का ऐसा समूह जो धुँधले बादल जैसा दिखाई देता है, आकाशगंगा, छायापथ

लम्ज़:– दोष करना, ऐब करना, आँख का संकेत करना, जलाना, मारना

दिल–ए–रेहन:–दिल में ज़मानत

“नहीं कोई किनारा”

मुड़ के भी अब क्या देखे धोखे ने जो है ठगा
एक सच को सुनने के लिए खड़े थे मिली है दग़ा।

तेज़ी के चक्कर में बहुत कुछ गँवा बैठे है हम दोनों
बढ़ना ही तो नहीं आया वगरना मिली होती वफ़ा।

ज़माने की जूठी अफ़वाहों के दरमियाँ तुम फँसे रहे
वरना एक ठोकर से कर देते हम एक तरफ़ ज़माना।

इश्क़ आफ़त ही सही मगर शोलों सी न होती कभी
गुलिस्ताँ में मिलते हम ये दिल खिल जाता गुलाब सा।

ख़ार ही मिले फूल तो कब के मुरझाके रूठ गए थे
इन्हीं बेचारे ख़्वाबों ने रातों के ख़्यालों में दम तोड़ा।

अब कुछ रहा नहीं पलटके क्या देखना दिल भर गया
मेरी आँखें तिश्नगी में वीरान हो गई नहीं कोई किनारा।

“उसका फ़ोन जब आता है”

उसका फ़ोन जब आता है
जलते चूल्हे छोड़ दिए जाते है।

उसका फ़ोन जब आता है
मेंरे समंदर में मोर नाचने लगते है।

उसका फ़ोन जब आता है
मेंरे रूदन होंठ भी हँसने लगते है।

उसका फ़ोन जब आता है
मेंरे रुखसार सुर्ख़ होने लगते है।

उसका फ़ोन जब आता है
मेंरे दिल में संगीत बजने लगते है।

उसका फ़ोन जब आता है
मेंरे नफ़स तो ज़िंदा होने लगते है।

उसका फ़ोन जब आता है
घर की दहलीज़ पर साज़ बजते है।

"रात कैसे कटेगी"

समंदर की लहरें तेरे पाँव को छू के जाए
मेरा दिल तेरे कू-ए-दिल में धड़कने आए।

तेरे नर्म लबों की कसम दीवाना मचला जाए
लेके सुखना झील पे हसरत पूरी करने जाए।

तेरे हिना से सजे हाथों की कसम वस्ल हो जाए
हिज्र के बाद फ़िराक में तेरे मेरा दम निकले जाए।

तेरा आज पटियाला पैरहन क्या ख़ूब-रू दिखे था
फ़क़त देखता ही रहा सोचा की वक्त ठहरने जाए।

तेरे रुखसार की चमक कानों के झुमके गूँज रहे है
देखो न बार बार जिह्वा दाँतों के नीचे कटने आए।

तेरे हाथों में जादूगरी लगती है कि परांठे को खाऊँ
या फिर रख लूँ सोचूँ कि कैसे तेरे हाथ बनाते जाए।

सुन ओ मेरे दिल की चाँदनी तेरे बिन जी घबराए
रात कैसे कटेगी आज की बातें साए में ढलते जाए।

“समंदर के आग़ोश में”

समंदर के आग़ोश में परछाई नज़र आए
अक्स तो दिख जाए मगर जज़्बात मरे जाए।

चाँद की दूधिया रौशनी फिज़ा में फैल जाए
चेहरे गोरे नज़र आए मगर दिल स्याह हुए जाए।

चाँदनी रातें ख़्वाब दिखाती है झूठे ख़्वाब
धड़कनें तो चलती है यहाँ मगर साँसें थमे जाए।

कोई मा'शूक़ा से बात करने के लिए फ़ोन करे
दिल तो बहल जाए मगर चीखती रातें डसे जाए।

ख़ैर कोई बात नहीं ये भी तो ज़िंदगी ही है
कितना भी अच्छा करो फ़क़त बुरे होते जाए।

"कोई क्यों है?"

जब आसमाँ के कहकशाँ में चाँद तारे है
फिर कोई राहु तो कोई यम क्यों है?

जब याँ गुलिस्ताँ में गुलों का आशियाना है
फिर कोई ग़रीब तो कोई अमीर क्यों है?

जब मंजिल का रास्ता तमामे सीधा है
फिर हाथों की लकीरों में कटाव क्यों है?

जब कोहसारों पर हिम सी जमी हुई है
फिर कोई चराग़ बुझे तो कोई जले क्यों है?

जब सब चैन की साँस लेके मस्त सोए है
फिर कोई बीमार तो कोई नीरोग क्यों है?

जब दरियाओं में गहरी ख़ामोशी है
फिर मेरी नस नस में दर्द-ए-रवाँ क्यों है?

जब सब मयखाने याँ बंद हुए पड़े है
फिर मेरे होंठों पे उसका नशा क्यों है?

जब याँ दरीचों पे लगे शीशे सलामत है
फिर मेरे ख़्वाबों के पाँव में लहू क्यों है?

जब समंदर बालू की चादर में लिपटे है
फिर मेरा जिस्म ख़ून में नहाए क्यों है?

सुना है दुआ करे तो क़बूल होती है
फिर तेरी रहमतों में दवा क्यों नहीं है।

सुना है तूने मानव एक मज़हब बनाया
फिर यहाँ हिंदू मुस्लिम इत्यादि क्यों है?

तेरी दुनिया में ख़ुल्द होना चाहिए था
फिर ये संप्रदाय की लड़ाई ही क्यों है?

ऐ ख़ुदा अगर तुझमें है ताकत तो दिखा
कि तेरी दुनिया में सब समान है सब एक है।

मैं तुच्छ प्राणी हूँ ख़ता मेरी माफ़ करे
मगर मुझे सब जगह अमन चैन चाहिए।

"उद्धविघ्न के द्वंद्व में"

बुराई इंसान की जाती नहीं शक्ति आती नहीं
बनते है राम पर रावण की भक्ति जाती नहीं।

शरीर के यौवन–रस को मकरंद की तरह चूस लेते है
ये इंसान है जो बहक के महक में कंजूस होते है।

वक्ष–स्थल पे नज़र पड़ते ही नियत वस्त्र से जिस्म पे
जाने कैसे ये लोग शज़र के नीचे ढूँढें अस्त्र से इस्म से।

मुहब्बत कहाँ नफ़रत की बयार चली है आवाज़ सयार की है
किसी को आश्ना नहीं किसी को तन्हा परवाज़ मयार की है।

रावण में बल था तो राम में संयम फिर किसका अंत
हुआ?
अधर्म मिटा पाप मिटा प्रताप घटा लंका का सूर्य लुप्त हुआ।

एक ने ज्यूँ भगिनी–लज़्जा का प्रतिशोध लिया दूजा युद्ध हुआ
एक सीता को छू न पाया लखन नक काट हुआ क्रुद्ध ज़्यादा।

अब गूँगे–समाज से क्या उम्मीद करें जो इस्त्री को नंगा करें
किसी बात का बतंगड़ बनाके ये ख़ुद की औरत को बेचा
करें।

पानी के काँच संतान की क्रुद्ध आँच में युद्ध को तत्पर बैठे हैं
आनी–जानी कुछ नहीं उद्धविघ्न के द्वंद्व में पर कतर बैठे हैं।

"जहाँ इश्क़ नहीं"

जहाँ इश्क़ नहीं वहाँ क्या करवा चौथ
रिश्ता जिस्मानी हो हो जाए वहाँ मौत!

कुछ क़द्र मेरी भी कर ले रह न जाऊँ प्यासा मैं
कहीं चुपके से न गुज़र जाऊँ बनूँ हादसा मैं।

मेरी इस हालत पर तुम यूँ जो मुस्कुरा रहे हो
एक दिन ख़ामोश रोओगे आँखें झुका के यों।

मेरे शरीक-ए-ग़म में आओ शायद अँधेरें मिट जाए
उजालें तो रातें ले गई शीशें से चेहरें घिस आए।

क्यों मुझे ये चाँदनी तेरी हम–शक्ल नज़र आए?
किसी को देखूँ तो वाँ तेरी ही नक़ल उतर जाए।

तेरे बिना मुझे नींद नहीं आती कमबख़्त रातें चुबती हैं
एक तू है जो नज़र भरके नहीं देखती यादें डसती हैं।

दिल है मेरा गुल–ए–बहार आई नहीं कोई दिलदार
किसकी आँखों में झाँक के देखूँ मैं नहीं हूँ चाँद।

"कभी आँगन में धूप आए"

कभी आँगन में धूप आए तो कभी बादल छाए
कभी तो मेरी ज़िंदगी में बनके तू आँचल आए।

ओ! दूर तक छाया है कोहरा कहीं साया न दिखे
तू बारिश ही बनके आजा यूँही फिज़ा न मचले।

न जाने कितने ही बरसात के मौसम गुज़र गए
आब-ए-ज़मज़म की प्यास में हम मर गए।

बिन बारिश के धरती सूख गई सियाह-चश्म हुए
घटा आई और गई हमारे तो चश्म-ए-नम हुए।

तेरे वो ग़ज़ाल-चश्म मेरे दिल में अरमान जगाए
तू क्यों फिर मेरी हसरत मारके यूँ साइल बनाए।

मेरे दिल-ए-मुज़्तर में झाँक झाड़ू ज़रर हुआ है
बे-दिल क़ातिल सहर कर जा उजाड़ू दर हुआ है।

क्या हासिल करूँ तेरे बिन किसको शामिल करूँ
इक तू ही बिन बरसे गुज़रे किसको हामिल करूँ।

शब्दार्थ:-

आब-ए-ज़मज़म:- ज़मज़म का पानी

सियाह-चश्म:- काले नैना

ग़ज़ाल-चश्म :– हिरण सी आँखें

साइल :– भिखारी, आसरा लगाने वाला, हाजतमंद

दिल-ए-मुज़्तर :– व्याकुल हृदय, दिल का मोहताज़

सहर :– सुब्ह, सवेरा

ज़रर :– चोट, नुक़सान, दुःख, तकलीफ़, नाश

हामिल :– उठाने वाला, बोझ उठाने वाला, कोई विशेष गुण रखने वाली, धारण करने वाला/वाली

शेरों-शायरी

*

कुछ उम्मीद हम करे कुछ बगावत आप करे
मरना ही है हमें तो फिर अदावत ही क्यों करे।

*

किसी के इंतज़ार में जलते चराग़ की आग में झुलसते रहे हम
देखो आज़ार तो ये है कि वो फिर भी न आए दम तोड़ते रहे हम।

*

तेरी बातें मुकम्मल है जो पहली नज़र में प्यार से बहर रही है
तेरी यादें मुक़फ़्फ़ल है मेरे दिल में जो आँखों में सहर रही है।
शब्दार्थः– मुक़फ़्फ़लः– क़ैद, बंद

*

एक नागिन जैसे मेरे जिस्म से लिपट रही है
दूर ही रहो वो मेरी नस-नस को चूस रही है।

*

कि गुलाब की कली हाथों से ऐसी उड़ी है फिज़ा में
यूँ जैसे फ़क़त इश्क़ में दो रूह जुड़ी है इज़ा में।

शब्दार्थः- इज़ा :– बराबर, समान

*

तेज़ झोंके से दुपट्टा क्या लहराने लगा फिज़ा में
मेरी साँसें थम गई तेरे हुस्न की दीदार–ए–रिज़ा में।

*

मुसाफ़िरों को तन पे ढो ढो के कहीं थक तो नहीं गए
राहगिरों को मन से निकाल के कहीं रुक तो नहीं गए।

*

तेरा हुस्न तेरा जिस्म तो ख़ुद ही ताजमहल लगता है
अब कौन मुमताज को याद करे हवामहल लगता है।

*

सर्द रुत में तेरे हाथों की उँगलियों ने ऐसे सँभाला मुझे
ज़र्द थी जो दर्द से ऐसा लगा किसी मर्द ने अटाला मुझे।

*

कोरे काग़ज़ को तो देखो सम्त बिखरे है इश्क़ में गुलाब कितने
डोरे डालने यूँ क़ुर्बतों की दूरी में सँवरे है शबाब फ़ित्ने।

*

तू जो चराग़ बन के आ जाए
मेरे दिल की तारीकी मिट जाए।

*

यूँ ख़ामोश निगाहों से देखना मेरे दिल की धड़कनें शीरीन करे
तुमसे पहली नज़र में ही प्यार हुआ आँखें ये जुर्म कोई संगीन करे।

*

फ़लक से जुदा होके ज़मीं पे उतरा तन्हा ये चाँद
तेरी सादगी के आगे अधूरा लगे।

*

मौसम तो यूंही बदल जाना
बे-मौसम तू मत बदलना।

*

ख़ुद में खोकर ख़ुद की क्यों तलाश
तू तो ख़ुद ब ख़ुद ख़ुद ही है पलाश।

*

कहानी ही तो है जो दौर-ए-ग़म लाए
हसरतें पूरी हो जाए दम-ए-ज़ोर आए।

*

ज़फ़ा देकर पहल क्यों कीजिए
वफ़ा करके कभी टहल लीजिए।

*

उड़ा ले जाओ मेरे क़फ़स को मुझे कोई शिकवा या शिकायत नहीं है
जिंदगी तू कब से जा चुकी है इस ख़ल्वत में कोई नफस भी बाकी नहीं है।

*

इश्क़ उससे किया जाए जो हमसे भी ज़्यादा ख़ूब-रू हो
हाँ उससे करवाई जाए जो हमसे ज़्यादा क़ातिल हो।

*

जलते लवों पे सबके सर पे आँचल हो गया
तुमने दुआ क्या कि मेरा हमसफ़र आ गया।

*

आसमां जब बादलों सी चादर लपेटे सोया रहता है
तब तेरा चांद तेरे आइने के आर–पार खोया रहता है।

*

जब तूने आइने में चेहरा देखा तो तूने किस को देखा चाँद?
मुझे बार बार हिचकी आ रही लगता है सोया नहीं मेरा चाँद!

*

छूके फूलों की महक में नज़र उतार ली जाए
शायद मेरे महबूब के आने की ख़बर आ जाए।

*

जाने क्यों मेरा दिल एक ख़ाली बोतल बनके रह गया कैद हुई वफ़ा
तुम्हें इसमें ख़ून की बूंदें नज़र आए तो निचोड़ लेना बहुत हुई जफ़ा।

*

नाज़ुकी हाथों में गुलाब भी ऐसे लगे जैसे वो हथेली को लबों से छूए जाए
सोचती हूँ इन गुलाबों को अपनी ज़ुल्फ़ों में टाँक लूँ मगर डर सताए जाए

कहीं गुलाब अपनी ख़ुशबू न भूल जाए ऐसा हो जाए तो
गुलाब कहाँ जाए।

*

हक़ीक़त-निगर में जिगर के अल्फ़ाज़ उतारे
कहानी को ही पर्दे पे उतार के मुस्कुरा दिए।

*

अब ये कौन कहता है कि पानी में आग नहीं लगती है
चाहने वाला गर हो सच्चा तो कहानी भी जाग उठती है।

*

तुमने तो ना कहके मेरी जान ही निकाल ली
अब किस मुंह से औरों से हम ये दिल लगाए।

*

तवील रात पहलू में सो जाती है हज़ारों सवाल लेके
सुब्ह से लेके दिन–भर वोही ख़्याल तड़पाते रहते है।

*

जब तू बोलता है तो तेरे लफ़्ज़ों से ख़ुशबू आती है
क्यों न तुझे हम हरदम दम भरके देखते रहे।

*

सुना है रिश्तें गुलाब की तरह दिल में महक जाते है
ये बात है तो चलो हम तेरी ख़ुशबू में बहक जाते है।

*

मेरे लबों के एक हिस्से में नशात हो गई
तेरे इश्क़ में खो के मेरी रंगी रात हो गई।

नशात:–उल्लास, खुशी

*

मेरी एक बात समझने में तेरी पूरी रात बीत गई
तू तो जीत गई मगर देखिए मेरी मात हो गई।

*

कितने दिन हो गए शीशे में देखे ख़ुद को बे-ख़बर हुए
मैंने जैसे ही देखा आज तुम्हारे हाथ नर्म कली पे आ गए।

*

ख़्वाबों की तामीर तो देखिए तुमने खिलाई है बर्फ़ी मुझे
याँ नीम की दातुन भी जैसे मिश्री की शीरीन डली लगे।

*

चाँद तारों की छाँव में मैं पलकें बिछाए रखती हूँ
कुछ अरमान दिल के मेरे अलकें सजाए रखती है।

*

बिछड़ के तुझ से न ख़ुश रह सकूँगी ध्यान दीजिए
तेरे मिलन की वज्ह मेरी मुस्कुराहट जान लीजिए।

*

पढ़ लो काग़ज़ के पीछे मेरी आँखें
साया भी ढूँढ रहा है मुझे कब से।

*

सोचती हूँ अब सजना सँवरना सिख लूँ तुम्हारे लिए
क्या पता कब डोली के लिए संदेशा आ जाए मेरे लिए।

*

जहाँ जिस दिल में गुलाब खिलते है
वहाँ काँटे झुक के सलाम करते है।

*

मेरा ख़ुशबू सा जिस्म तेरे हिज्र में फूलों से गुफ़्तुगू किए जाए
तेरे फ़िराक में साँसें मेरी तेरी जुस्तुजू में दुआ किए जाए।

*

फूल को क्या तोड़ा मकड़ी ही हाथों में सिमट गई
भूल तो उस रेत से हो गई जो सेहरा से खिसक गई।

*

टूट भी जाऊँ तो मुझ घायल का क्या है
कौवे से पूछ संगीत में कोयल क्या है।

*

तुम इधर-उधर के जलवे क्यों देखती हो
आइने में ख़ुद को देख ख़ूबसूरत क्या है।

*

तू कभी पूर्व से कभी पश्चिम से सूर्य देखे
पानी में चाँद से पूछ इश्क़िया स्नान क्या है।

*

कभी यहाँ कभी वहाँ फिज़ाओं में क्या है
झील में मछलियों से पूछ साँसें क्या है।

*

इश्क़ में तड़प है पर घुटन सी ज़िंदगी क्यों
मोमबत्ती से पूछ रौशनी देके मौत क्या है।

*

न दिल लगे न ही कोई सफ़र हो
न मिल मुझे न ही कोई नफ़र* हो।

*व्यक्ति

www.ingramcontent.com/pod-product-compliance
Lightning Source LLC
LaVergne TN
LVHW041839070526
838199LV00045BA/1355
9789358193428